EINE VERSANDBRAUT FÜR DEN SHERIFF

Versandbräute für Sweet, Texas, Buch Eins

ELIZABETH CHASEN

Eine Versandbraut Für Den Sheriff

Versandbräute für Sweet, Texas, Buch Eins

Versandbräute für Sweet, Texas erzählt historisch inspirierte romantische Geschichten, die Ihr Herz erwärmen werden.

Freuen Sie sich darauf, den größten Kuppler des Westens kennenzulernen.

Lucy Calverts Nerven rasen, als die Versandbraut in Sweet, Texas aus der Postkutsche steigt. Sie ist aus St. Louis angereist, um hier ihren Verlobten zu treffen, den Sheriff dieser kleinen Stadt. Nervös sieht sie dem ersten Treffen mit Trey Jones und seiner kleinen Tochter entgegen, nur um dann bestürzt festzustellen, dass er nicht gekommen ist, um sie abzuholen. Ihre Aufregung wächst, als Big John Wiggins, ein Berg von einem Mann, ihr mit ihrem Gepäck hilft und sie zum Büro des Sheriffs bringt. Dort entdeckt sie zu ihrem Entsetzen, dass Trey gar keine Versandbraut bestellt hat… doch wenn sie nicht mit ihm geschrieben hat, mit wem dann?

Wer hat im Namen des Sheriffs mit ihr Kontakt aufgenommen?

Seltsames ereignet sich in der kleinen Stadt Sweet, als nach und nach Versandbräute dort eintreffen und jeder sich zu fragen beginnt, wer das Ganze in die Wege geleitet hat. Doch am Meisten wundern sich die Bräute und deren Ehemänner in spe.

Die ganze Situation zu beobachten ist ein riesiger Spaß.

Besonders für Big John Wiggins, einen Riesen von einem Mann und Witwer, der selbst die Freuden einer glücklichen Ehe genossen hat. Er ist zu dem Schluss gekommen, dass die Männer seiner Stadt dringend Ehefrauen und Glück gebrauchen können. Auch wenn das bedeutet, dass er sich persönlich darum kümmern muss, dass die Frauen nach Sweet kommen.

KAPITEL EINS

Big John Wiggins stand in der Tür seines Futtermittelladens und beobachtete das Eintreffen der Postkutsche in Sweet, Texas. Er verschränkte die Arme und grinste erwartungsvoll – ob heute wohl der Tag war, an dem Lucy Calvert eintraf? Wenn sein Plan aufging, würde in diesem langweiligen Städtchen endlich wieder etwas los sein, wahrscheinlicher war jedoch, dass ordentlich die Funken fliegen würden. Er liebte diesen staubigen Ort, an dem er und seine Frau – Gott hab sie selig – sich vor zehn Jahren niedergelassen hatten. Er wünschte der kleinen Ansiedlung, dass sie wuchs und gedieh, doch das war leichter gesagt als getan. Eine Stadt ohne Familien trat auf der Stelle und genau das war das Problem von Sweet.

Er hatte beschlossen, die Dinge selbst in die Hand zu nehmen – um Bewegung in die ganze Sache zu bringen, wie seine Millie gesagt hätte. Hier in der Stadt und der näheren Umgebung lebten viele Cowboys und Hilfskräfte. Aber wie in vielen Grenzstädten herrschte ein Mangel an Frauen. Und das war gar nicht gut.

Die Männer brauchten Ehefrauen.

Big John hatte einmal zu häufig mitangesehen, wie ein verloren aussehender Cowboy ziellos durch seinen Laden gestreift war, um das noch länger hinzunehmen.

Schließlich hatte er entschieden, dass es an der Zeit war, das etwas geschah.

Und dann hatte er die Dinge selbst in die Hand genommen und ein paar Briefe geschrieben. Miss Calvert war die erste Versandbraut gewesen, die sich damit einverstanden erklärt hatte, zu ihnen zu kommen. Und nun konnte es jeden Tag soweit sein, dass sie mit der Postkutsche eintraf. Es war gut möglich, dass heute dieser Tag war. Und wenn ja, dann würde das Leben hier bald sehr viel aufregender werden.

Ja, hier würden die Funken fliegen und er würde sich zurücklehnen und das Spektakel beobachten. Und beten. Er hatte beschlossen, sich nicht als der zu erkennen zu geben, der das alles in die Wege geleitet hatte… das mochte vielleicht nicht ganz aufrichtig sein, aber er hatte einen langfristigen Plan und die Leute mussten es ja nicht unbedingt wissen. Dieses Wissen könnte alles durcheinanderbringen.

Als er vor ein paar Monaten beschlossen hatte, Kontakt zu Miss Adaline Binghams Versandbraut-Agentur aufzunehmen und der Frau zu schreiben, die den bedeutendsten Katalog für Versandbräute in St. Louis herausgab, hatte er sich selbst die Pflicht auferlegt, die Sache wirklich durchzuziehen. Er hatte sich für Miss Bingham entschieden, weil sie einen tadellosen Ruf genoss und für die Frauen bürgte, die auf der Suche nach einem Neubeginn im Westen waren und von ihr als aufrichtig beschrieben wurden.

Er selbst hatte als Bürge für die Männer von Sweet fungiert und jeden Mann sorgfältig ausgewählt. Männer, von denen er dachte, dass sie am dringendsten eine Frau brauchten und diese gut behandeln würden.

Sheriff Trey Jones stand ganz oben auf seiner Liste.

Er war Witwer und hatte eine kleine Tochter, die eine Mutter brauchte. Big John hatte die perfekte Frau für Trey gefunden und mit ihr in Treys Namen korrespondiert.

Schuldgefühle überkamen ihn. Aber Big John schob sie beiseite und dachte an all das Gute, das aus dieser Situation erwachsen mochte. Ihm war nicht wohl bei dem Gedanken, die junge Frau in die Irre geführt zu haben und dachte an die Überraschung der beiden, die ihr Auftauchen unweigerlich auslösen würde. Aber tief in seinem Inneren wusste er, dass es das wert war. Er hatte einen Bedarf erkannt und nun stillte er ihn. Sollten sich die Dinge nicht wie geplant entwickeln, dann würde er natürlich einschreiten und seine eigene Beteiligung in dieser Angelegenheit offenbaren. Ohnehin würde er die ganze Situation genau beobachten und als Beschützer der jungen Frau auftreten.

So Gott wollte, würde er für jede der Versandbräute den perfekten Cowboy finden und sie würden gemeinsam ein wundervolles Leben führen, so wie es ihm mit seiner Millie siebenunddreißig Jahren lang vergönnt gewesen war, bevor sie an einem Fieber gestorben war.

Vielleicht würden die Cowboys nicht sofort erkennen, dass es zu ihrem eigenen Besten war, aber er nahm an, dass er sie nach und nach, Frau für Frau, zur Einsicht bringen würde.

Die Tür der Postkutsche öffnete sich. Eine kleine Hand griff nach der des Kutschers und dann trat eine junge Frau in einem lavendelfarbenen Kleid aus der Postkutsche, sodass Big John sie sehen konnte.

Mit ihren blonden Locken, den hellblauen Augen und dem kecken Mund sah Miss Lucy Calvert genauso hübsch aus wie auf dem Bild, das sie ihrem ersten

Brief beigelegt hatte.

Ja, ganz ohne Zweifel würden die Dinge in Sweet interessant werden.

Lucy Calverts Nerven drohten mit ihr durchzugehen. Ihr donnerte das Herz in der Brust wie die Nebelhörner auf den Flussbooten, die daheim in St. Louis den Mississippi entlangtrieben, als sie nun zum ersten Mal einen Fuß in die Stadt setzte, die sie fortan ihre Heimat nennen würde. Lucy spürte, wie sich ihr Magen verkrampfte und kämpfte gegen den Drang an, wieder in die Postkutsche zu steigen, um nach Hause zurückzukehren.

Doch das konnte sie nicht. Sie verspürte nicht den geringsten Wunsch, zurück nach St. Louis zu reisen.

Sie blickte sich in dem Städtchen um und entdeckte die schindelgedeckten Häuser und die kleine Kirche am Ende der Straße. Und so wie es aussah, gab es hier sogar ein paar Geschäfte… nicht nur den Saloon an der Ecke. Ihr Blick fiel auf die beiden älteren Damen, die auf der anderen Straßenseite vor dem Gemischtwarenladen standen. Sie beobachteten sie neugierig. Erfreut stellte sie fest, dass es noch andere Frauen in der Stadt gab. Ein großer, dünner Mann fegte den Bürgersteig vor dem Laden und hielt nun inne und sah ebenfalls in ihre Richtung. Zwei Cowboys, die auf ihren Pferden vorbeiritten, verlangsamten ihr Tempo und tippten sich grüßend an die Hüte. Männer fuhren in Kutschen vorbei. Einige Männer verließen den Saloon. Andere lehnten nicht weit von ihr entfernt an den Pfosten einer Veranda. Überall waren Männer!

Nur schien kein einziger von ihnen hier zu sein, um sie in Empfang zu nehmen.

Mit rasendem Herzen sah sie den riesigen Mann an, der in der Tür des Futtermittelladens stand, vor dem die Postkutsche gehalten hatte. Er warf ihr ein einladendes Lächeln zu. Sie entgegnete das Lächeln dieses gutmütigen Fremden.

Der Fahrer der Postkutsche ließ ihr Gepäck vom Dach der Kutsche herunter und holte dann ihren Koffer von der Rückseite des Gefährts und kam zu ihr herüber. „Nun, junges Fräulein, ich denke, das wäre es.

Es war mir eine Freude."

„Vielen Dank, dass Sie mich sicher hierhergebracht haben. Ich stehe für immer in Ihrer Schuld."

Der alte Kutscher kratzte sich seinen ergrauten Bart und seine Augen musterten sie skeptisch. „Sind Sie sicher, dass hier gut für Sie gesorgt ist? Ich sehe nirgends einen Mann, der gekommen ist, um Sie abzuholen, Ma'am."

„Es ist nett, dass Sie sich um mich sorgen, aber ich bin sicher, dass er jeden Moment hier sein wird. Er ist der Sheriff, also könnte ihm etwas dazwischengekommen sein."

„Okay, dann mache ich mich mal wieder auf den Weg. Ich wünsche Ihnen alles Gute." Vor sich hin schimpfend kletterte er zurück in die Kutsche.

„Entschuldigen Sie", sagte Lucy und nahm an, dass sie missverstanden hatte, was er vor sich hingemurmelt hatte. „Was haben Sie gesagt?"

Er sah verlegen zu ihr herunter. „Ich habe gesagt, dass ich es beunruhigend finde, wie viele junge Versandbräute hier herauskommen um sich mit all diesen Burschen zu treffen, die sie nie zuvor gesehen haben. Ich bin schon Zeuge einiger gebrochener Herzen geworden und habe viele der jungen Frauen schlussendlich wieder an den Ort zurückgebracht, von dem sie aufgebrochen waren."

„Wie haben Sie erraten, dass ich eine Versandbraut bin?" Sie war schockiert, denn diese Tatsache hatte sie mit keinem Wort erwähnt.

„Ich habe es an Ihren Augen und der Art und Weise erkannt, wie Sie aus der Kutsche gestiegen sind. Sie haben sich gleichermaßen unsicher und erwartungsvoll umgesehen. Ich wünsche Ihnen alles Gute." Er tippte sich an den Hut und spuckte einen Schwall Tabak aus, sodass sie zusammenzuckte.

Ihr Magen verknotete sich, als sie beobachtete, wie sich die Postkutsche rumpelnd entfernte. Der aufgewirbelte Staub sorgte dafür, dass sie husten musste. Sie wedelte mit der Hand vor ihrem Gesicht umher, um den Staub loszuwerden und sah sich um.

Wo war Trey Jones?

Er hatte gesagt, er wäre der Sheriff dieser Stadt. Gegenüber dem alten Postkutscher hatte sie es nicht zugeben wollen, aber man würde doch erwarten, dass der Sheriff hier wäre, um sie in Empfang zu nehmen.

„Miss. Kann ich Ihnen helfen?"

Sie drehte sich um und erblickte den Mann aus dem Futtermittelladen, der sie anlächelte.

„Ich bin John Wiggins. Jeder hier nennt mich Big John."

„Hallo, ich bin Lucy Calvert und suche nach Sheriff Trey Jones. Könnten Sie mir bitte zeigen, wie ich zum Büro des Sheriffs gelange?"

„Ja, Ma'am, das kann ich in der Tat. Wenn Sie dort entlanggehen, am Gemischtwarenladen vorbei und die nächste Straße überqueren, dann sehen Sie bereits das Gefängnis." Er hielt inne. „Sie können es gar nicht verfehlen. Draußen hängt ein großes Schild: Büro des Sheriffs."

Kam es ihr nur so vor oder fand dieser Kerl die Situation tatsächlich amüsierend? Das war merkwürdig. „Vielen Dank, Sir. Ich kann meinen Koffer nicht den ganzen Weg dorthin tragen. Er ist zu schwer. Könnten Sie ihn wohl zusammen mit meinem übrigen Gepäck in Ihrem Laden aufbewahren? Nur für kurze Zeit?"

Er grinste. „Ich habe einen besseren Vorschlag. Ich bringe Sie zum Büro des Sheriffs und trage Ihren Koffer."

„Das wäre sehr nett von Ihnen und ich wäre Ihnen sehr verbunden."

Er ging zu ihrem Gepäck, hob es hoch und schleppte es in seinen Laden. Dann zog er die Tür hinter sich zu und nahm ihren Koffer. Fragend zog er eine Augenbraue hoch. „Was haben Sie denn da drin? Steine?" Er grinste.

Sie mochte ihn. „Nein. Die habe ich daheim gelassen."

Er lachte. „Nun, das freut mich, ansonsten hätte ich Ihren Koffer wohl nicht anheben können. Dann machen wir uns mal auf die Suche nach dem Sheriff."

Lucy spürte, wie erleichtert sie war, als sie an der Seite des großen Mannes die Straße entlangging, um ihren zukünftigen Ehemann kennenzulernen.

Trey Jones blätterte durch die Steckbriefe der Männer,

nach denen aktuell gesucht wurde. Er hielt stets nach ihnen Ausschau. Keiner dieser Kerle trieb sich in seiner Stadt herum, aber von Zeit zu Zeit verirrten sich ein paar zwielichtige Gestalten hierher und er bevorzugte es, sich ihre Gesichter ab und zu in Erinnerung zu rufen, damit er sie erkannte, wenn er sie sah.

Als sich die Tür öffnete und Big John eintrat, freute er sich über die Unterbrechung. „Big John, was bringt denn Sie und…" Er hielt inne, als eine hübsche junge Frau in einem staubigen lavendelfarbenen Kleid durch die Tür trat, die Big John für sie aufhielt und ihn aus großen blauen Augen ansah.

Schnell stand er auf. „Ma'am." Er sah von ihr zu Big John und dann zurück zu ihr. „Kann ich Ihnen helfen?"

Big John rieb sich den Nacken und blickte unbehaglich drein. „Diese junge Dame ist vor ein paar Minuten mit dieser großen Tasche aus der Postkutsche gestiegen und da sie sie nicht allein hierherschaffen konnte, habe ich sie für sie getragen."

Die hübsche junge Frau verschränkte ihre

zierlichen Hände ineinander und wiegte sich nervös etwas hin und her, sodass ihr Kleid wie eine Glocke zu schwingen begann. „Ich komme aus St. Louis. Ich bin Lucy Calvert."

Trey hatte den Eindruck, ihr Name sollte ihn zu einer Reaktion veranlassen. So als erwartete sie, dass er wusste, wer sie war. „Ich bin Trey Jones, der Sheriff von Sweet. Haben Sie ein Problem, Miss Calvert?"

Sie sah verwirrt aus. „Nein, ich habe kein Problem. Ich bin hier, um Sie zu treffen. Ich bin den ganzen Weg hierhergekommen und dachte, Sie würden mich an der Postkutsche in Empfang nehmen."

„Sie in Empfang nehmen?" Seine Augenbrauen zogen sich zusammen und er sah Big John an, der eine Braue hochzog und leicht amüsiert dreinsah. „Ich bin mir nicht sicher, ob ich verstehe. Ist irgendetwas in der Postkutsche passiert, sodass Sie meine Hilfe als Sheriff benötigen?"

„Nein, es ist nichts *passiert*." Erneut sah sie ihn verwundert an. Sie richtete ihren Blick auf Big John und dann wieder auf ihn. „Ich dachte, Sie würden mich in Empfang nehmen, schließlich bin ich den ganzen

Weg hierhergekommen, um Sie zu heiraten."

Trey erstarrte. *Was?* „Was haben Sie gesagt? Sie sind gekommen, um mich zu heiraten?"

Sie nickte langsam, während alle Farbe aus ihrem Gesicht wich. „Sie haben nach mir geschickt", sagte sie leise.

Erschrocken sah er sie an, Besorgnis verbrannte ihn wie glühende Kohlen. „Was meinen Sie damit, ich habe nach Ihnen geschickt?", krächzte er.

„Ich komme von Miss Adaline Binghams Versandbraut-Agentur."

Eine Versandbraut. Trey schluckte und bemühte sich darum, den hundert Pfund schweren Frosch loszuwerden, der ihm in der Kehle zu stecken schien. Ihn durchfuhr der Gedanke, dass er und seine Tochter Janie tatsächlich eine Frau in ihrem Leben gebrauchen könnten, aber er hatte nach keiner Versandbraut geschickt.

„Sie haben nicht nach mir geschickt?" Enttäuschung machte sich auf ihrem Gesicht breit.

„Nein, Ma'am... ich meine...", er suchte nach Worten und bat Big John stumm um Hilfe. Der

Ladenbesitzer zuckte die Achseln. Er sah sie an. „Ich habe keinen Brief geschrieben und nach einer Frau geschickt."

Ihre Augen füllten sich mit Tränen.

Würde sie zu weinen beginnen? Das konnte er gar nicht gebrauchen. Er kam um seinen Schreibtisch herum. Bekäme er es gleich mit einer hysterischen Frau zu tun? Er ertrug weinende Frauen einfach nicht. Wusste nicht, was er mit ihnen anstellen sollte. Er hatte es stets gehasst, wenn seine Beth geweint hatte und war sich völlig hilflos vorgekommen. So wie er es jetzt tat. Weinende Frauen sorgten dafür, dass ihn Erinnerungen an seine Kindheit überkamen, an die Zeit, als seine Mutter so viel geweint hatte, nachdem sein Vater im Krieg getötet worden war. Es war eine schwere Zeit für einen Jungen gewesen, der mit seiner eigenen Trauer gekämpft hatte.

Er streckte die Hand aus und berührte Miss Calverts Arm in der Hoffnung, sie beruhigen zu können. Er spürte, wie sich ihr Arm bei seiner Berührung anspannte und schaute zu Big John hinüber. „Was soll ich denn jetzt machen?"

Big John sah ihn teilnahmsvoll an. „Nun, Sie könnten sich das Ganze ja vielleicht durch den Kopf gehen lassen – ich meine, es sieht schließlich danach aus, als hätte jemand in der Stadt gemeint, dass Sie eine Frau brauchen könnten und eine für Sie angefragt. Vielleicht ziehen Sie es ja in Erwägung."

Er starrte Big John an. *Hatte er den Verstand verloren?*

Fassungslosigkeit umspülte ihn wie eine quer durch die Prärie stürmende Büffelherde. *Heiraten?* Er dachte nicht ans Heiraten! Als Beth von ihm gegangen war, da war auch in ihm etwas gestorben und er wusste nicht, ob er jemals wieder heiraten konnte. Trotzdem überkamen ihn Schuldgefühle. Janie würde sicher die Fürsorge einer Frau brauchen. Sie wuchs viel zu schnell heran und würde eine junge Frau sein, bevor er sich versah. Mit ihren sechs Jahren hatte sie bereits ihren eigenen Kopf und war der Meinung, sie könne auch allein zuhause bleiben. Ohne die älteren Damen der kirchlichen Handarbeitsgruppe, die ihm nach Janies Geburt zur Seite gestanden hatten, hätte er in ernsthaften Schwierigkeiten gesteckt. Aber Miss Clara,

Miss Essie Jane Tate und Mrs. Mulberry, um nur einige zu nennen, waren eingeschritten und hatten ihm geholfen. *Er und Janie kamen zurecht…*

Er musste nicht wieder heiraten. *Oder doch?*

Er spürte erneut, wie ihn Wut und Ungläubigkeit überkamen. Wer hatte nur eine Braut für ihn ausgesucht?

Sein Verstand begann zu arbeiten und er dachte über die Frage nach, wer das wohl getan haben mochte und sofort musste er an die Frauen von der Handarbeitsgruppe denken. *Konnten sie dafür verantwortlich sein?*

Als er das letzte Mal eine Gruppe von Straftätern aus der Stadt gebracht hatte, hatte Mrs. Mulberry gemeint, dass er vielleicht beginnen sollte, Janie über seine Stadt zu stellen, da das Mädchen ganz allein wäre, wenn er sich von Gesetzlosen umbringen lassen würde.

Nun musste er an das denken, was sie gesagt hatte. Musste er mehr an Janie denken? Erneut überkamen ihn heftige Schuldgefühle.

„Ich denke, wir sollten Sie fürs Erste in Miss

Claras Pension unterbringen. Wir finden sicher eine Lösung für diese Situation, wenn wir etwas Zeit hatten, darüber nachzudenken. Vielleicht können Sie mit der nächsten Postkutsche nach Hause zurückkehren. Viel mehr kann ich nicht für Sie tun."

„Aber ich verstehe das nicht. Es gibt keinen Ort, an den ich zurückkehren könnte. Ich habe Ihnen zwei Briefe geschrieben und Sie haben mir geantwortet, dass Sie sich auf mein Kommen freuen. Sie klangen sogar aufgeregt! Sie haben geschrieben, dass ich mich gut mit der kleinen Janie verstehen würde und mir meine Erfahrungen als Lehrkraft dabei zu Gute kommen würden. Ich verstehe es einfach nicht."

Wer hatte das getan? Diese Frage überschattete alle anderen, doch als er in ihre blauen Augen sah und die Sorge darin bemerkte, nicht zu wissen, wohin sie nun gehen sollte, spürte er, wie sich ihre Sorge auf ihn übertrug. Doch das war es nicht, was seine Aufmerksamkeit erregte; das waren ihre großen blauen Augen. Sie starrten ihn an. Auch Beth hatte große blaue Augen gehabt und sie hatte ihn genauso angesehen, wenn sie etwas von ihm gewollt hatte. Sie hatte ihre Augen einzusetzen gewusst. Es war lange her, seit er an blaue Augen gedacht hatte.

„Werden Sie mich zurückschicken?"

„Nein. Aber jetzt gehen wir zu Miss Clara und organisieren Ihnen ein Zimmer für die Nacht. Ich werde für ein paar Tage im Voraus bezahlen, bis wir alles geregelt haben."

„Ich finde, Sie sollten noch einmal über das Konzept Ehefrau nachdenken", sagte Big John skeptisch. „Brauchen Sie denn nicht vielleicht eine Haushälterin? Oder jemanden, der Janie Gesellschaft leistet? Anstelle sie bei Miss Clara unterzubringen und für ein Zimmer und Verpflegung zu bezahlen, könnten Sie sie nicht stattdessen für eine Weile als Ihre Haushälterin einstellen?"

Big John war ein vernünftiger Mann. Jeder in der Stadt vertraute auf seine Meinung und er war eine Säule ihrer Gemeinschaft. Und ja, er hatte recht. Trey konnte tatsächlich Hilfe gebrauchen. „Aber ich kenne sie gar nicht. Woher soll ich wissen, dass ich ihr meine Tochter anvertrauen kann?"

„Sie sind Sheriff, Trey. Schauen Sie sich diese

Frau an und sagen Sie mir, dass Sie ernsthaft denken, sie wäre ein schlechter Mensch. Sie haben ein gutes Bauchgefühl.“

Trey seufzte. Das stimmte – er hatte ein gutes Bauchgefühl. Er versuchte bloß herauszufinden, was er tun sollte. „Okay, vielleicht machen wir es so, nachdem Sie eine Nacht bei Miss Clara verbracht haben. Dann kann ich das alles mit Janie besprechen und mir überlegen, ob ich mir vorstellen kann, Sie einzustellen, um auf meine Tochter aufzupassen. Und meinen Haushalt zu führen.“

„Ich denke, ich bin damit einverstanden. Aber ich bin hierhergekommen, um zu heiraten. Ich hoffe...“ Sie sah von einem Mann zum anderen. Röte überzog ihr Gesicht. „Eines Tages hätte ich gern eine eigene Familie, aus diesem Grund bin ich hierhergekommen.“

In seinem Bauch machte sich ein merkwürdiges Gefühl breit. „Ich werde Sie nicht davon abhalten. In dieser Stadt gibt es sehr viele alleinstehende Männer.“

Big John grinste. „Vielleicht ist heute Ihr Glückstag, junge Dame. Nun haben Sie die Gelegenheit, sich einen Mann auszusuchen anstatt jemanden zu heiraten, den Sie gar nicht kennen."

Sie schien das anders zu sehen, doch ihre Augen erhellten sich, als sie über das nachdachte, was Big John gesagt hatte.

Trey bemerkte, dass er wirklich hoffte, für sie würde sich alles zum Besten fügen und das sagte er auch. „Ich glaube wirklich, dass es so am besten für Sie ist."

Ihre Augen glänzten voller Hoffnung. „In Ordnung, machen wir es so."

„Gut, dann haben wir ja alles besprochen. Gehen wir zu Miss Clara." Er bewegte sich auf die Tür zu.

Big John trat beiseite, sodass er sie nach draußen führen konnte. Sein Deputy Samuel Donavan kam gerade angeritten, als Big John die Tür schloss. Der jüngere Mann stieg vom Pferd und band es an die Pferdestange, wobei er Lucy neugierig beäugte.

„Ma'am." Er tippte an seinen Hut und lächelte die junge Frau an. „Samuel Donavan, Deputy von Sweet", sagte er eifrig.

Big John grinste. „Samuel, dies ist Miss Lucy Calvert. Sie ist neu in der Stadt."

„Was für wunderbare Neuigkeiten." Samuel sah aus wie ein Welpe, der eine Streicheleinheit benötigte.

Lucy erwiderte das Lächeln des Deputys und Trey spürte, wie sich seine Laune verdüsterte. „Vielleicht sollten wir nun zu Miss Clara gehen. Samuel, Sie passen auf das Büro auf, während ich unterwegs bin."

„Klar." Der Deputy grinste Miss Calvert an. „Es war schön, Sie kennenzulernen, Miss."

Trey griff nach Miss Calverts Arm und schob sie den Bürgersteig hinunter. Er würde für ihre Unterbringung sorgen und dann würde man weitersehen. Was er gar nicht wollte, war, dass nun alle Kerle in der Stadt dachten, sie hätten ein Anrecht auf diese Frau.

Woher kam dieser Gedanke? Er selbst hatte schließlich auch kein Anrecht auf sie. *Oder?*

KAPITEL ZWEI

Benommen dachte Lucy an die Dinge, die geschehen waren, seit sie aus der Postkutsche gestiegen war. Sie hatte sich alles ganz anders vorgestellt. Sie wusste nicht einmal, wie sie den Sheriff ansprechen sollte, den Mann, von dem sie gedacht hatte, dass er sie heiraten wolle.

Die Leute beobachteten sie, als sie die Straße entlanggingen. Verlegen hielt sie sich an der Seite des Sheriffs. Die Pension befand sich ganz in der Nähe und war fußläufig über eine Seitenstraße zu erreichen. Er war sprachlos gewesen, als er erfahren hatte, dass sie hierhergekommen war, um ihn zu heiraten und völlig verblüfft. Ihre Situation unterschied sich lediglich darin, dass sie mit jemandem kommuniziert hatte. Offenbar hatte sie mit jemandem geschrieben, der vorgegeben hatte, Trey Jones zu sein. Sie hatte zwei Briefe erhalten und diese beantwortet. Aber an wen waren diese Antworten gegangen?

Die Pension befand sich in einem zweistöckigen weißen Haus mit einer großen Veranda, die von einem Geländer umgeben war. Ihr Mut sank, als sie mehrere Katzen auf dem Geländer sitzen sah. Eine weitere lag zusammengerollt in einem Korbsessel und einige saßen auf der Veranda. Neben einem kleinen Tisch standen zwei Stühle. Lucy fühlt sich in der Gegenwart von Katzen nicht wohl. Doch sie zögerte, das zur Sprache zu bringen.

Vielleicht würden ihr die Tiere ja nicht zu nahe kommen. Doch als sie die Treppe hinaufstiegen, kamen drei neugierige Katzen auf sie zu. Als Trey an die Tür klopfte, kam eine von ihnen zu ihr und rieb sich an ihrem Kleid! Sie trat einen Schritt beiseite, doch die Katze folgte ihr. Sie versuchte so unauffällig wie möglich, dem Tier auszuweichen. Die Katze stromerte unter ihren Rock und sie musste an sich halten, um nicht vor Schreck aufzukeuchen. Die Fliegengittertür öffnete sich und eine rundliche Frau in den Sechzigern lächelte sie an. Lucy versuchte, sich auf die Frau mit den rosigen Wangen zu konzentrieren, während sie die Katze gleichzeitig sanft mit der Fußspitze anstieß. Doch die rieb sich daraufhin an ihrem Bein.

Oh mein Gott, das war gar nicht gut.

„Hallo, Sheriff. Wie kann ich Ihnen helfen?", fragte Miss Clara freundlich.

Lucy schüttelte ihr Bein und versuchte, nicht zusammenzucken.

„Miss Clara, wie schön, dass wir uns heute sehen. Das ist Miss Lucy Calvert. Sie ist gerade aus der Postkutsche gestiegen und auf der Suche nach einer Bleibe für diese und vielleicht auch für die kommende Nacht."

„Es ist mir eine Freude, Sie kennenzulernen. Ja, Liebes, ich habe ein schönes Zimmer für Sie. Bitte treten Sie ein." Sie wich ein paar Schritte zurück, um ihnen Platz zu machen. Zwei Katzen liefen aus dem Haus.

Lucys Hals begann zu jucken, als sie das Haus betrat und sich von der Katze entfernte, die es sich unter ihrem Kleid bequem gemacht hatte. Gleich darauf wurde ihr übel, als sie zwei hübsche weiße Katzen auf der Lehne der Couch sitzen sah und eine Glückskatze und eine weitere schwarze auf einem Stuhlkissen liegen sah.

Ihre Haut begann zu jucken. Sie schloss die Augen und hoffte, die Reaktionen ihres Körpers würden wieder abflauen.

Miss Clara betrat nach ihnen das Erdgeschoss, während sie sprach und Trey entspannte sich ein wenig.

„Ihr Zimmer ist oben, das erste rechts. Ich hoffe, meine Katzen stören Sie nicht. Ich liebe Katzen. Ich erfreue mich an der Gesellschaft dieser klugen kleinen Geschöpfe, seit mein Mann nicht mehr lebt."

„Reizend." Lucy Stimme klang heiser.

Trey sah sie an. Ihre Augen waren geschwollen und ihre Haut sah rot und fleckig aus. Furcht flutete durch seinen ganzen Körper.

„Oh, du meine Güte“, keuchte Miss Clara.

„Sind Sie…“, setzte er an, doch plötzlich umklammerte Lucy ihren Hals und ihre Knie gaben nach.

„Kann nicht atmen“, keuchte sie, als sie in Treys Arme stolperte. „Katzen…“

„Wir müssen sie nach draußen bringen. Sofort“, forderte Big John.

Trey hatte sie bereits hochgehoben. Er schritt durch die Tür, die Big John für ihn aufhielt und hielt erst an, als er mitten im Garten stand, an der frischen Luft und weit genug weg von all den Katzen.

„Vielleicht solltet ihr sie zum Doktor bringen“, rief Miss Clara und rang die Hände.

„Können Sie wieder atmen?“ Trey starrte in ihre Augen. Sein Herz raste vor Sorge, als sie die frische Luft einatmete und nickte. Erleichterung erfüllte ihn. „Ist das schon mal passiert?“

„Ja, aber nur in der Gegenwart von Katzen“,

brachte sie hervor. „Ich brauche keinen Arzt. Es geht mir hier an der frischen Luft bald wieder besser. Und ich brauche ein Bad. Das hilft gegen den Juckreiz.“

Trey überlegte, was zu tun war.

„Vielleicht sollten wir sie zunächst in Ihr Haus bringen“, schlug Big John vor. „Dort kann die Arme etwas zur Ruhe kommen und eine Wanne haben Sie auch.“

Trey sah ihn scharf an.

„Nun, sie braucht ein Bad, Trey.“

Trey rieb sich die Schläfe. „Okay, Sie haben recht. Können Sie gehen?“ Es war schließlich nicht ihre Schuld, dass sie sich in dieser Situation befanden. Schuld daran war die Person, die ihnen diesen Streich gespielt hatte. Er hielt sie fest.

„Ja, es geht mir gut. Aber es juckt immer noch wie verrückt.“

„Oh, gut.“ Miss Clara sah erleichtert aus. „Das mit den Katzen tut mir so leid.“

„Vielen Dank, dass Sie einverstanden waren, mich bei sich aufzunehmen. Sie können ja nichts für meine Allergie. Ihre Katzen sind bezaubernd. Ich wünschte, ich wäre nicht gegen sie allergisch und könnte sie streicheln."

„Ah", gurrte Miss Clara. „Sie sind ja süß. Ich würde Sie gern umarmen, aber da ich meine kleinen Lieblinge ständig auf dem Arm habe, würde es wohl alles nur verschlimmern."

„Danke, ja, das könnte sein. Trotzdem ist es ein schöner Gedanke."

„Sheriff, dann nehmen Sie sie mal mit zu sich nach Hause und passen Sie gut auf sie auf."

Trey stellte fest, dass ihn Lucys Lächeln und ihre Art in den Bann zogen. „Das werde ich. Dann wollen wir mal. Es wird Ihnen besser gehen, wenn Sie sich frisch gemacht haben und Sie sich etwas entspannen konnten."

„Vielen Dank. Ich möchte Ihnen nicht zur Last fallen, aber das wäre wirklich das Beste."

Trey nickte, fürchtete sich aber vor dem langen Weg zu seinem Haus. Er umfasste ihren Ellbogen und half ihr über die holprige Straße und auf den Bürgersteig, als sie die Hauptstraße erreichten. Big John folgte ihnen mit Lucys Koffer.

Jeder blieb stehen und starrte sie an.

Trey war verlegen und fühlte sich fehl am Platz, als er die Straße entlangstapfte und Lucy dazu zu bringen versuchte, sich etwas zu beeilen.

Was würde Janie denken? Er war sich nicht sicher, konnte aber auch nichts mehr an der Situation ändern. Zwar hätte er Lucy auch bei einer anderen Witwe unterbringen können, aber die arme Frau hatte schon genug mitgemacht.

Sie näherten sich seinem kleinen Haus, dass sich in einer Seitenstraße befand, nicht weit von seinem Büro entfernt. Genau aus diesem Grund hatte er das kleine Haus gekauft – es befand sich in unmittelbarer Nähe zu seinem Büro. Wenn es nötig war, war er in ein paar Minuten daheim um zu überprüfen, was Janie tat, wenn sie allein zu Hause war. Außerdem konnte Janie ihn jederzeit holen, wenn sie etwas brauchte. Jeder in der Stadt kannte die kleine Janie und er wusste, dass er sich darauf verlassen konnte, dass die Leute hier gut auf sie aufpassten. Doch Janie hatte es satt, von einer hilfsbereiten Witwe zur nächsten gereicht zu werden. Mrs. Mulberry passte am häufigsten auf sie auf, doch

Trey hasste es, dass Janie mehr Zeit mit der älteren Frau oder allein verbrachte als mit ihm.

Er fuhr sich mit einer Hand durchs Haar. Schon vorher war sein Leben schwierig gewesen, doch nun befand er sich in einer noch gewaltigeren Klemme als zuvor. Sein Magen fühlte sich an, als hätte er seit Tagen nichts gegessen. Er betrat seine Veranda, während er Lucy am Ellbogen festhielt. Es schien ihr besser zu gehen, aber ihre Haut war immer noch fleckig und gerötet und sie schien außer Atem zu sein. Vielleicht war er zu rasch die Straße entlanggeeilt.

Erneut überkamen ihn Schuldgefühle.

Noch bevor er die Tür öffnen konnte, flog diese auf und Janie stand vor ihnen. Ihre geflochtenen Zöpfe waren krumm und schief, aber sie war sein ganzer Stolz. Schließlich konnte sie nichts dafür, dass er keine guten Zöpfe flechten konnte und es ihr immer noch schwerfiel, das selbst hinzubekommen.

Er wünschte sich nun, sie wäre heute bei Mrs. Mulberry oder Miss Essie Jane Tate gewesen, aber sie hatte zu Hause bleiben und in ihrem Zimmer spielen wollen. In letzter Zeit war sie es häufig zufrieden, allein in ihrem Zimmer zu spielen.

„Wer sind Sie?" Dann sah Janie sie genauer an. „Und was ist mit Ihrer Haut los?"

Kindermund tut Wahrheit kund. Das war eine der Sachen, die Trey erst hatte lernen müssen, als er Vater geworden war. Man wusste nie was Kinder als Nächstes sagen würden.

Und bei Janie schon gar nicht.

„Janie, sei nicht so unhöflich."

„Entschuldigung, Pa. Ma'am, ich wollte nicht unhöflich sein, aber Sie sehen schrecklich aus. So habe ich letztes Jahr ausgesehen, als ich mit Gifteiche in Berührung gekommen bin. Juckt es? Mich hat es schrecklich gejuckt."

„Ja, das tut es tatsächlich…"

„Ich hole Ihnen einen nassen Lappen. Das hat bei mir geholfen."

„Kommen Sie, Lucy, bringen wir Sie hinein. Sie können sich hinsetzen und sich etwas ausruhen." Er betrat vor ihr das Haus.

Big John trug Lucys Koffer über die Türschwelle und stellte ihn direkt dahinter auf den Boden. „So, ich werde euch zwei dann mal alleinlassen und nach meinem Laden schauen. Ich hoffe, ihr könnt die ganze Sache klären. Wenn einer von euch etwas braucht, sagt mir einfach Bescheid. Ich bin nur einen Steinwurf entfernt. Aber ihr seid zwei vernünftige Erwachsene und ich denke, ihr bekommt das gut alleine hin. Miss Lucy, es war mir eine Freude, Sie kennenzulernen. Und wie ich schon sagte, wenn Sie etwas brauchen, mein Geschäft ist nur einen kurzen Spaziergang von hier entfernt und ich helfe Ihnen immer gern."

Nachdem er das gesagt hatte, trat Big John aus der Tür und warf Trey noch einen warnenden Blick zu, der besagte, er solle besser alles tun, damit es der jungen Miss gutginge, sonst bekäme er es mit ihm zu tun. Trey verstand diesen Blick. Big John beschützte die Leute – das war schon immer so gewesen. Trotzdem irritierte ihn die unmissverständliche Warnung. Er hatte nichts falsch gemacht. Und er war schließlich der Sheriff.

Lucy ignorierte die beiden Männer und lächelte das vorlaute, aber deswegen nicht weniger entzückende kleine Mädchen an, das sie aufmerksam betrachtete. „Wenn du mir einen kalten Lappen bringen könntest, würde ich mich wirklich sehr darüber freuen."

„Ich bin gleich wieder da." Janie drehte sich um und rannte aus dem Raum.

„Setzen Sie sich doch hin", sagte Trey.

Sie versuchte, ihn in Gedanken Sheriff zu nennen, aber obwohl sie inzwischen wusste, dass er nicht der war, mit dem sie geschrieben hatte, betrachtete sie ihn in Gedanken immer noch als ihren zukünftigen Ehemann. Doch das war er nicht. Sie verdrängte diese Überlegung und ging zum Sofa hinüber, wobei ihr plötzlich nur allzu deutlich bewusst wurde, dass sie mit ihm allein im Raum war. Als sie sich in die Kissen sinken ließ, begegnete sie seinem besorgten Blick.

„Janie, Süße, holst du den kalten Lappen?"

„Komme, Pa. Bin gleich da. Ich pumpe noch das Wasser ins Becken."

Lucy versuchte, sich nicht am Nacken zu kratzen und versetzte sich stattdessen in seine Lage. Er hatte keine Braut bestellt, war aber trotzdem äußerst hilfsbereit. Tatsächlich war er genauso nett, wie sie ihn sich anhand der Briefe vorgestellt hatte, in denen er ihr von sich und Janie erzählt hatte. Es fiel ihr schwer zu glauben, dass er diese Briefe nicht selbst geschrieben hatte, doch es war unschwer zu erkennen, dass die Person, die das getan hatte, ihn gut kannte… und ihn für einen guten Mann hielt.

Hatte derjenige also erkannt, dass er eine Frau brauchte, obwohl er selbst das nicht wusste oder nicht wieder heiraten wollte?

Lucy begegnete seinem Blick und ein Schauer durchfuhr sie. Rasch sah sie wieder weg, entsetzt darüber, wie sehr ihr Herz raste.

Die Situation, in der sie sich befand, war schon beschämend genug und nun stellte sie auch noch verwirrt fest, dass sie sich zu dem Mann hingezogen fühlte, den sie hatte heiraten wollen. Hätte sich alles so entwickelt, wie sie sich das vorgestellt hatte, dann wären diese Gefühle ganz wunderbar gewesen. Aber nun wusste sie nicht, was sie denken sollte.

Und dann war da dieses entzückende kleine Mädchen, dessen Mutter sie hatte sein wollen und dass ihr Herz rührte. Sie war unverblümt, aber hilfsbereit und konnte offensichtlich die Fürsorge einer Frau gebrauchen. Ihre Haare befanden sich in einem fürchterlichen Zustand, der Saum ihres Kleides musste genäht und die Schulternähte ihrem Wachstum angepasst werden. Doch egal, wie zerzaust das Kind auch war, Lucy war sich ziemlich sicher, dass sie selbst einen noch viel schlimmeren Anblick bot; mit ihrer geröteten, von Pusteln übersäten Haut musste sie schrecklich aussehen. Lucy hatte sich früher einmal, als das geschehen war, im Spiegel gesehen… es war kein schöner Anblick gewesen.

Das alles war so peinlich. Sie rieb sich die Schläfe und bemühte sich um einen tapferen Gesichtsausdruck. Sie durfte sich nicht runterziehen lassen. Als sie in die Kutsche gestiegen war, hatte sie sich selbst geschworen, dass sie immer positiv denken würde, um ihr neues Leben zu einem guten zu machen.

Sie war so aufgeregt gewesen, als sie die Stadt hinter sich gelassen und später die Grenze erreicht hatten. Sie hatte beschlossen, mutig, furchtlos und eine Abenteuerin zu sein. Ihre Tante hatte ihr geraten, einen Ladenbesitzer in St. Louis zu heiraten, aber sie hatte ihren eigenen Weg gewählt und jetzt musste sie das Beste daraus machen.

Und das würde sie. Ihre Laune besserte sich und mit neuer Entschlossenheit hob sie das Kinn und begegnete Treys unsicherem Blick. Er hatte wirklich schöne Augen, sie strahlten in einer hübschen Mischung aus Gold und Braun. Sein Anblick sorgte dafür, dass ihre Gedanken zu wirbeln begannen. Ihr war klar, dass sie schrecklich aussehen musste, aber dagegen konnte sie im Augenblick nichts weiter tun.

Sie zwang sich zu sprechen. „Da wir uns nun beide in solch einer merkwürdigen Situation befinden…", fing sie an, hielt aber inne, als Janie mit einer Waschschüssel wieder in den Raum kam, die sie auf dem Tisch neben der Couch abstellte.

„Ich bin gleich wieder da." Sie rannte aus dem Raum.

„Brauchst du Hilfe?", rief Trey.

„Nein, Pa, alles in Ordnung", schrie sie mit ihrer zarten Stimme und erschien dann erneut mit einem Krug. Stolz goss sie das Wasser aus dem Krug in die Waschschüssel. Sie grinste. „Ich habe mir gedacht, dass Sie reichlich Wasser brauchen werden. Da sind wirklich sehr viele rote Flecken auf Ihrer Haut."

Lucy wurde bewusst, dass sie wahrhaft grauenerregend aussehen musste. Das Kind kam zurück, wobei es einen Lappen schwenkte, den es ihr reichte. „Damit wird es Ihnen gleich besser gehen. Das wird es doch, Pa, oder?"

„Ich hoffe es", sagte Trey unbehaglich.

Lucy tauchte den Lappen ins Wasser, wrang ihn aus und drückte das Tuch auf ihre erhitzte Haut. Beinahe hätte sie vor Erleichterung geseufzt.

Trey verschwand und kehrte mit einem Glas Wasser zurück. „Auch das könnte hilfreich sein." Er hielt ihr das Glas hin.

Sie nahm es entgegen. Dabei berührten sich ihre Finger und Schmetterlinge flatterten durch ihren Arm hindurch bis in ihren Bauch. Sie bemühte sich darum, sich nichts anmerken zu lassen und trank einen Schluck Wasser, wobei sie von Trey und Janie beobachtet wurde.

Das Wasser war eine Wohltat für ihren Hals. *Oh, was würde sie für ein Bad geben!* Die tagelange Fahrt hierher war beschwerlich und staubig gewesen – sie musste schon ramponiert ausgesehen haben, noch bevor diese schrecklichen roten Flecken sie weiter verunstaltet hatten.

„Sie sind hübsch, wenn wir nur diese Flecken loswerden." Janie lächelte und berührte eine der Pusteln auf Lucys Hand. „Er ist heiß. Tut es weh?"

Das reizende Lächeln, das das kleine Mädchen ihr zuwarf, erwärmte erneut Lucys Herz. Wie sie aus den Briefen erfahren hatte – die nicht Janies Vater geschrieben hatte – war Janies Mutter bei ihrer Geburt gestorben, sodass das Mädchen niemals eine Mutter gehabt hatte. Dies war einer der Gründe dafür, warum Treys Briefe sie so sehr berührt hatten. Nicht dass die Briefe tatsächlich von Trey geschrieben worden waren, rief sie sich in Erinnerung; ein Fremder hatte das getan. Und sie hatte keinen Schimmer, wer es gewesen sein könnte.

Wer würde so etwas tun?

Sie ließ diesen Gedanken fallen und konzentrierte sich auf Janie. „Es juckt nur. Der kühle Lappen tut unglaublich gut. Vielen Dank! Hattest du heute einen schönen Tag?" Sie tauchte den Lappen erneut in die Schüssel und legte ihn sich zum zweiten Mal auf Hals und Gesicht. Es fühlte sich wunderbar an.

Janie sah sie nun schüchtern an. „Ich hatte einen normalen Tag. Ich habe mit meiner Puppe in meinem Zimmer gespielt. Gemeinsam warten wir darauf, dass mein Pa von der Arbeit kommt und manchmal machen wir ihm Sandwiches. Wenn wir Brot haben. Wenn Mrs. Mulberry und die anderen netten Damen in der Stadt Brot backen, dann bringen sie uns welches vorbei. Irgendwann werde ich selbst lernen, wie das geht, dann kann ich unser Brot backen. Die Damen in der Stadt sagen, dass Pa ein starker Mann ist und gutes Essen braucht, um in Form zu bleiben."

Trey runzelte die Stirn und Lucy kam nicht umhin zu bemerken, *wie* gut er in Form war.

„Ich finde es schön, dass Sie hier sind. Damit ist dieser Tag zu einem wirklich guten Tag geworden." Janie plapperte weiter vor sich hin und Lucy gewann den Eindruck, dass sie einsam war.

Trey sah verblüfft aus oder verlegen und sie fragte sich, ob auch ihm gerade bewusst geworden war, dass sein Kind häufig allein war.

Ihre Blicke trafen sich und Lucy spürte, wie sie wütend wurde. Das war einfach falsch… und plötzlich fragte sie sich, ob die Person, die die Briefe geschrieben hatte, wohl auch fand, dass das nicht richtig sei.

Dieser Mann bauchte wirklich eine Frau – wenn nicht für sich selbst, dann auf jeden Fall für seine Tochter.

„Janie, du vermittelst Miss Calvert ja den Eindruck, dass du kein schönes Leben hast und immerzu allein bist. Du weißt, wenn ich nicht arbeiten muss, machen wir häufig Picknicks oder unternehmen andere Dinge."

„Ich mag mein Leben, Pa. Aber sie hat mich gefragt, wie mein Tag war und ich war heute wirklich einsam, Pa."

Er seufzte und rieb sich die Schläfe, als bekäme er Kopfschmerzen. „Janie, warum gehst du nicht in dein

Zimmer und spielst dort ein bisschen? Ich muss ein paar Minuten allein mit Miss Calvert sprechen."

„Okay, aber bitte gehen Sie nicht", bat Janie und sah Lucy erwartungsvoll an.

„Das werde ich nicht", sagte Lucy und fühlte sich unbehaglich, als sie anschließend mit Trey allein war.

Er räusperte sich. „Ich habe keine Ahnung, wer uns beiden diesen Streich gespielt hat, aber es bringt uns beide in eine unangenehme Lage. Vielleicht sollten wir einfach das Beste daraus machen. Ich brauche tatsächlich Hilfe mit Janie und dem Haus, wie Sie gesehen haben."

Das war zwar nicht das, was sie sich erhofft hatte, aber für den Moment musste es reichen. „Sie ist ein entzückendes Kind. Ich werde gut auf sie aufpassen."

„Davon bin ich überzeugt. Ich werde Wasser auf dem Ofen erhitzen, damit Sie endlich ein Bad nehmen können. Dann werden Sie sich besser fühlen. Ich werde zum Abendessen zurück sein und dann können wir alles Weitere besprechen."

„Vielen Dank. Ich werde mich um das

Abendessen kümmern.“

Überrascht sah er sie an, dann lächelte er. „In Ordnung, das hört sich gut an. Wirklich gut. Daran könnte ich mich gewöhnen.“

Dann ging er und sie seufzte und wünschte, die Dinge wären anders gewesen.

KAPITEL DREI

Trey machte sich auf den Weg zurück in sein Büro. Er musste von dort weg. Er musste sich zurückziehen. Er musste herausfinden, wer das getan hatte.

Ja, es könnte klappen. Er musste zugeben, dass er eine Haushälterin brauchte. Jemanden, der nach Janie sah. Aber brauchte er eine Frau? Er glaubte nicht – schließlich hatte er einmal eine gehabt. Und es hatte so sehr geschmerzt, sie zu verlieren. Er konnte sich einfach nicht vorstellen, dasselbe noch einmal durchzumachen… es sei denn, er heiratete nur, damit Janie eine Mutter hatte.

Dieser Gedanke beschäftigte ihn.

Würde er das tun können? Er könnte sie auf jeden Fall als seine Haushälterin einstellen, aber würde dies das Loch in Janies Herz füllen? Könnte er seiner Tochter zuliebe heiraten?

Er kratzte sich am Hals und dachte darüber nach, während er auf den Bürgersteig trat und sich auf den Weg zu seinem Büro machte. In Big Johns Laden war irgendetwas los. Dort hatte sich eine Menschenmenge eingefunden, die sich bis hinaus auf den Bürgersteig ergoss. Trey entschied, zu überprüfen, was dort vor sich ging.

Er drängte sich an den beiden Männern vorbei, die die Tür blockierten und betrat den Laden.

„Samuel, was ist hier los?", fragte er seinen Deputy und blickte die ungefähr zehn Männer an, die sich hier versammelt hatten. Einige von ihnen hatte er zuvor im Holzlager gesehen, wo sie ihre Wägen beladen hatten und nun standen sie hier zusammengepfercht in Big Johns Laden.

Big John lachte. „Nun, das ist so: Alle möchten

wissen, was es mit Ihrer neuen… ähm, Haushälterin auf sich hat."

„Ja", stimmte Samuel zu. „Wir sind bloß neugierig. Noch nie ist eine Haushälterin mit der Postkutsche gekommen. Wir dachten uns, Sie hätten sich vielleicht eine Versandbraut kommen lassen."

„Hübsch ist sie auf jeden Fall", sagte jemand, aber Trey konnte nicht erkennen, wer es war, weil er darüber nachdachte, wie er Samuels Frage beantworten sollte.

„Ja, ist schon 'ne niedliche Kleine." Jeb Brewster spuckte einen Schwall Tabak auf den Boden und grinste breit, wobei er seine vom Tabak gelben Zähne zeigte. „Ich hab' das Gefühl, ich sollte auch mal über so 'ne Versandbraut nachdenken."

Trey runzelte die Stirn, als Gelächter durch den Raum wogte. „Sie ist meine Haushälterin. Sie wird sich um Janie kümmern."

„Wie Sie meinen, Sheriff Trey", gluckste Horace Holcomb vergnügt.

Treys Gesicht verzerrte sich und er schaute so finster drein, dass er spürte, wie sich seine Kopfhaut anspannte. „Jetzt hört ihr alle mal zu", forderte er. „Ich werde nicht tolerieren, dass ihr hinter Lucys Rücken abfällige Bemerkungen über sie macht. Sie ist eine sehr nette Frau."

„Entschuldigung", murmelte Horace.

„Lucy?", fragte Chauncey Todd. Das runzlige Gesicht des alten Bergmanns wurde noch etwas faltiger. „Sie pflegen ja bereits einen sehr vertrauten Umgang mit Ihrer Haushälterin. Und das ist nicht respektlos gemeint."

Trey sah Big John hilfesuchend an.

Der Ladenbesitzer zuckte die Achseln. „Ich habe versucht, ihnen klarzumachen, dass Sie sie als Ihre Haushälterin eingestellt haben. Habe ihnen gesagt, dass sich die kleine Janie unglaublich gefreut hat. Doch wie Sie sehen, ist es mir bisher nicht gelungen, sie von ihren Vermutungen abzubringen und vom Gegenteil zu überzeugen."

„Ich möchte keine abfälligen Bemerkungen hören", warnte Trey. „Ansonsten muss ich den einen oder anderen von euch womöglich ins Gefängnis stecken." Er war nicht zu Scherzen aufgelegt.

„Im Ernst?", fragte Samuel ungläubig.

Trey starrte ihn ausdruckslos an. „Ja. Und wenn

Sie so weitermachen, dann sind Sie der erste, der die Nacht dort verbringt, *Deputy*.“

„Das tue ich nicht“, murmelte Samuel. „Ich fand sie wirklich nett. Ich bin eifersüchtig. Es wäre nett, wenn es mehr junge Damen in der Stadt gäbe.“

„Ja, Sie müssen nicht gleich so gereizt reagieren“, sagte Horace, als Samuel seinen Mund schloss. „Wir waren schließlich nur neugierig. Es gibt wirklich nicht viele junge Frauen hier.“

Trey bemerkte, dass er überreagiert hatte und verließ kurz darauf den Laden und ging die Straße entlang zu seinem Büro.

Er entdeckte zwei Damen der Handarbeitsgruppe. Sie starrten ihn an und redeten so schnell sie konnten. Mrs. Mulberry und Miss Essie Jane Tate.

Könnten sie diejenigen gewesen sein, die für ihn eine Versandbraut bestellt hatten?

Sie waren gottesfürchtige, religiöse und… okay, sehr neugierige Frauen, aber sicherlich hatten sie so etwas nicht getan… oder?

Dankbar dachte Lucy daran, wie rücksichtsvoll Trey

gewesen war, als er ihr vorgeschlagen hatte, ein Bad zu nehmen, damit es ihr besser ging und dann Wasser für sie zu erhitzen. Nach der langen und staubigen Fahrt mit der Postkutsche und dem Zwischenfall mit den Katzen war es wunderbar, sich in das warme Wasser sinken zu lassen.

Sie hatte erst ein paar Minuten im Wasser gelegen, als Janie um die Ecke lugte. „Kann ich reinkommen?"

„Klar." Sie seifte sich mit der Lavendelseife ein, die sie aus ihrer Tasche geholt hatte. Das kostbare Stück Seife hatte sie aus St. Louis mitgebracht und sie war nun überaus dankbar darüber, es mitgenommen zu haben.

„Ich kann es kaum glauben, dass Pa dich wirklich als Haushälterin eingestellt hat, damit du auf mich aufpasst." Wellen der Aufregung gingen von dem Kind aus.

„Ich bin froh, hier zu sein. Wir werden viel Spaß zusammen haben."

„Ich finde es großartig. Ich hatte noch nie eine Freundin oder eine Haushälterin." Sie runzelte die Stirn. „Was genau macht eine Haushälterin?"

Lucy lachte leise und bedauerte es, Janie nicht mitteilen zu können, dass sie ihre Mutter sein würde. „Es bedeutet, dass ich das Haus sauber halten und kochen werde. Und dass ich mich um dich kümmere." Und das würde sie. Sie bemerkte den sehnsüchtigen Ausdruck in Janies Gesicht und fragte sich, ob er daher kam, dass sie sich eine Mutter wünschte. Lucy kannte dieses Gefühl. Sie hatte ihre eigene Mutter früh verloren und dann bei ihrer Tante gelebt, sich aber immer nach der Vertrautheit gesehnt, die sie mit ihrer Mutter erlebt hatte. Ihre Tante hatte sich bemüht, aber sie war nicht der Typ Mensch, mit dem sich ein Kind gemeinsam auf einen Sessel kuscheln konnte oder von dem es sich über alle Maßen geliebt fühlte. Als sie Janie betrachtete, wünschte sich Lucy, Trey hätte diese Briefe geschrieben und sie gebeten, hierherzukommen und ihn zu heiraten.

„Kannst du mir Geschichten vorlesen, wenn ich abends ins Bett gehe?", fragte Janie und auf ihrem Gesicht machte sich Hoffnung breit.

„Darüber werden wir mit deinem Pa reden, wenn er heimkommt und sehen, was er dazu sagt." Sie hatte keine Ahnung, wie die Abende aussehen würden. Das hatten sie noch nicht besprochen. Es gab noch so viele Fragen, die unbeantwortet geblieben waren. „Ich beende jetzt mein Bad und anschließend bereiten wir das Abendessen zu. Was sagst du dazu?"

„Großartig. Ich wollte schon immer kochen lernen."

Lucys spürte, wie sich ihre Stimmung hob. Wenigstens Janie freute sich darüber, dass sie hier war. Und dafür war sie dankbar.

Als Trey sein Büro verließ, stand die Sonne bereits tief am Horizont. Eigentlich war er heute nicht an der Reihe, den Kontrollgang durch die Stadt zu machen, aber er hatte Samuel gesagt, er solle sich den Abend freinehmen. Es schien ihm eine gute Idee zu sein, nach dem Abendessen einen Vorwand zu haben, noch einmal das Haus verlassen zu müssen.

Er empfand die Aufgabe, seine neue Haushälterin in seinen Haushalt einzuführen, als äußerst unangenehm. Die ganze Situation trug dazu bei, dass er sich unwohl fühlte. Er musste seine Sachen aus seinem Zimmer in den Abstellraum im hinteren Teil des Hauses bringen. Wenn dieses Arrangement funktionierte, dann würde er über kurz oder lang anbauen müssen. Nervös erreichte er sein Haus. An der Tür hielt er inne und nahm seinen Hut ab. Er fuhr sich mit einer Hand durch die Haare und bemerkte, dass es mal wieder an der Zeit für einen Haarschnitt war.

Als er das Haus betrat, machte sein Magen Luftsprünge, so köstlich waren die Düfte, die in der Luft lagen. Es roch himmlisch, sodass ihm auf der Stelle der Mund wässrig wurde. Er hörte Janie aufgeregt plappern und vernahm dann Lucys sanfte Stimme. Freude durchfuhr ihn, als er Janies glückliche Stimme und ihr Lachen hörte. Erwartungsvoll betrat er die Küche. Er sah, dass Janie an Lucys Seite auf einem Stuhl stand und kleine Brote, die aus einem Teig bestanden, den er nicht identifizieren konnte, in eine Pfanne gab. Die beiden so zu sehen, raubte ihm beinahe den Atem. Beth hatte so gerne gekocht und er stellte sich vor, wie sie dort gemeinsam mit Janie stand.

„Pa! Ich brate Maisbrot." Sein Kind strahlte ihn an und sein Herz schmolz.

Lucy drehte sich unsicher zu ihm herum und ihre Blicke trafen sich. Sein Magen machte einen merkwürdigen Satz. Erleichtert stellte er fest, dass es ihr besser zu gehen schien. Die Rötung ihrer Haut war beinahe vollständig zurückgegangen, doch ihm war klar, dass sie müde sein musste nach dem langen Tag, der hinter ihr lag. Trotzdem lächelte sie.

„Aus ihr wird eine großartige Köchin werden. Sie saugt alles voller Begeisterung auf."

„Und nach den Gerüchen zu urteilen, die hier in der Luft liegen, sind Sie perfekt dafür geeignet, ihr das Kochen beizubringen."

„Danke." Sie zwinkerte Janie zu. „Ich hatte eine wunderbare Gehilfin. Sie hat mir gezeigt, wo der Lagerraum ist und wir haben alle Dinge daraus hervorgeholt, die man für einen Gemüseeintopf und mein geliebtes gebratenes Maisbrot braucht."

Trey nickte und sein Hunger verstärkte sich. „Das klingt gut. Wirklich sehr gut. Ich kann Ihnen gar nicht sagen, was für eine angenehme Überraschung es war, die Tür zu öffnen und all diese wunderbaren Düfte zu riechen, die mein Zuhause erfüllen." *Oder ihr hübsches, lächelndes Gesicht zu sehen und das glückliche Lachen seines Kindes zu hören.* Dieser Gedanke kam unversehens, aber er konnte nicht bestreiten, dass es so war, genauso wenig, wie er abstreiten konnte, dass er sich vorgestellt hatte, wie die Dinge hätten sein können, wenn Beth noch leben würde.

„Lucy und ich haben mein Zimmer aufgeräumt, Pa. Du musst es dir ansehen. Es riecht gut. Und es hat so viel Spaß gemacht. Lucy sagt, ich war ihr eine große Hilfe, Pa."

Treys Blick traf Lucys und er spürte eine tiefe Dankbarkeit ihr gegenüber, weil sie seine Kleine so glücklich gemacht hatte. Lucy war erst seit einem Tag hier und doch hatte er plötzlich das Gefühl, sein Leben würde sich von Grund auf ändern.

KAPITEL VIER

Nach dem Abendessen ging Trey in sein Zimmer, um seine Sachen zu holen, damit Lucy dort schlafen konnte. Er besaß keine zusätzlichen Laken und konnte kaum von ihr verlangen, in seinem Bett in seinen Laken zu schlafen... das wäre hochgradig unangemessen. Sein Blick wanderte zu der Truhe, die an einem Ende seines Bettes stand. *Beths Truhe.*

Er näherte sich ihr und öffnete sie. Er wusste, was in der Truhe war. Er bewahrte darin alles für Janie auf. Er wusste, dass sich in der Truhe auch Decken befanden. Sie waren womöglich etwas muffig, aber zumindest hatte noch niemand in ihnen geschlafen. Die Truhe war voller Andenken für Janie. In ihr befanden sich Dinge, die ihrer Mutter gehört hatten und von denen er wollte, dass Janie sie eines Tages für ihr eigenes Zuhause bekam. Er zog ein paar Lätzchen hervor, die Beth für Janie gemacht hatte. Schmerz durchfuhr ihn, Schmerz, der einst überwältigend gewesen war, nun nach sechs Jahren aber etwas nachgelassen hatte. Trotzdem liebte er Beth noch immer – und würde es immer tun. Das riesige Loch in seinem Herzen, dass sie hinterlassen hatte, tat noch immer weh.

Er dankte Gott dafür, dass er sein kleines Mädchen verschont hatte. Er ertrug den Gedanken nicht, dass er um ein Haar alle beide verloren hätte. Wann immer er sein wunderschönes, süßes Kind ansah, erfüllte ihn Dankbarkeit dafür, dass sie ihm geholfen hatte, auch weiterhin einen Sinn in seinem Leben zu sehen.

Er trug die Decken zum Bett und tauschte sie gegen die aus, die er selber benutzt hatte. Dann trug er seine Sachen in den Vorratsraum. Morgen würde er alles mit ihr besprechen. Aber jetzt musste er seinen Kontrollgang machen und über alles in Ruhe nachdenken.

Lucy las Janie gerade ein Buch vor, als er ins Zimmer kam.

„Ich habe mein Zimmer für Sie hergerichtet. Wahrscheinlich werden Sie schon schlafen, wenn ich von meiner Runde zurückkomme. Ich wünsche Ihnen eine gute Nacht und danke Ihnen vielmals dafür, dass Sie auf Janie aufpassen."

„Das macht mir sehr viel Freude. Sie ist ein entzückendes Mädchen." Sie lächelte Janie an, welche strahlte. „Dann bis morgen früh."

Er beugte sich vor und gab Janie einen Kuss auf den Kopf. „Ich hoffe, dass auch du schon schläfst, wenn ich nach Hause komme. Jetzt, wo Lucy bei uns ist, bekommen wir hoffentlich etwas mehr Regelmäßigkeit in deinen Tagesablauf."

„Ich bin froh, dass Lucy hier ist. Alles wird besser. Viel besser."

Vieles ging Trey durch den Kopf, während er sich seinen Hut auf den Kopf setzte und anschließend das

Haus verließ. Er blieb auf der Veranda stehen, das Bild von Lucy, wie sie seiner Kleinen vorgelesen hatte, noch vor seinem inneren Auge… es hatte so richtig ausgesehen. So unglaublich richtig…

Ihre Worte rührten Lucy.

Sie machten sich bettfertig und sie half dem kleinen Mädchen, ihr Nachthemd anzuziehen. „Kann ich deine Haare bürsten, bevor du schlafen gehst?"

„Ja bitte. Während ich schlafe, bilden sich darin immer die schlimmsten Knoten. Pa sagt, ich schlafe so unruhig, als würde ich immerzu von einem wilden Bären verfolgt werden."

Lucy kicherte. „Dann musst du dich wirklich sehr viel bewegen."

Janie nickte. „Manchmal schlafe ich ein und mein Kopf befindet sich am einen Ende des Bettes und wenn ich aufwache, liege ich genau anders herum."

„Ja, dann bewegst du dich wirklich viel. Zum Glück fällst du dabei nicht aus dem Bett."

„Das ist mir auch schon passiert."

„Oh nein. Ich hoffe, du hast dir nicht den Kopf gestoßen."

Janie kicherte. „Ich bin mitsamt den Decken auf den Boden gefallen. Deswegen ist nichts passiert."

Sie nahm die Bürste zur Hand und sagte Janie, sie solle sich auf die Bettkante setzen. „Ich werde deine Haare flechten, dann kannst du dich so häufig umdrehen, wie du möchtest, ohne dass sie sich verheddern." Sanft fuhr sie ihr mit der Bürste durchs Haar und löste die Knoten.

Während sie Janies Haare kämmte, schwatzte diese vor sich hin. „Du machst das sehr gut. Mrs. Mulberry ist nett und Miss Essie Jane Tate und Mrs. Murphy auch, aber bei ihnen ziept es die ganze Zeit."

„Wenn wir es schaffen, deine Haare tagsüber und nachts zu bändigen, dann wird es viel einfacher werden, sie zu kämmen. Ich werde dir beibringen, wie du sie selbst kämmen kannst."

Janie lächelte ihr über ihre Schulter hinweg zu. „Meine Haare waren noch nie geflochten."

„Es wird dir gefallen. Morgen wirst du wunderschöne Wellen in deinen Haaren haben. Und jetzt hüpf ins Bett."

Janie krabbelte ins Bett. Lucy zog die Decke bis zu ihren Schultern hoch und strich ihr dann sanft die Haare aus dem Gesicht. Janie musterte sie ernst aus ihren großen blauen Augen. „Ich bin froh, dass du hier bist, Lucy."

Lucy war voller Mitgefühl für das kleine Mädchen. Sie erinnerte sich daran, wie es gewesen war, in Janies Alter zu sein und ohne Mutter aufzuwachsen. Sie rief sich die Geschichten ins Gedächtnis, die sich ihre Mutter für sie ausgedacht hatte und die sie ihr erzählt hatte, wenn sie sie zu Bett gebracht hatte. „Auch ich bin froh darüber, dass ich nun hier bei euch bin. Jetzt leg dich bequem hin und lass mich dir eine Geschichte erzählen, die mir meine Mama erzählt hat, als ich in deinem Alter war. Hast du Lust darauf?"

Janie nickte und Lucy erzählte ihr die Geschichte einer wunderschönen Prinzessin, die unter einem Seerosenblatt lebte. Es dauerte nicht lange und Janies Augen fielen zu und sie war eingeschlafen.

Lucy gähnte und stand langsam auf. Nach der

langen Reise in der Postkutsche war sie völlig erledigt und todmüde. Es war ein langer und anstrengender Tag gewesen.

Sie blies die Kerze aus. Dann ging sie zum anderen Schlafzimmer des Hauses und trat ein. Sie blieb auf der Schwelle stehen. Als erstes fiel ihr auf, wie leer dieses Zimmer war. Abgesehen von einer hübschen Kommode, die handgefertigt aussah und der schönen Steppdecke auf dem Bett war da nichts. Bei der Decke handelte es sich um eine gesteppte Hochzeitsdecke, die miteinander verschlungenen Ringe, mit denen sie verziert war, symbolisierten die zwei Leben, die in der Ehe miteinander verbunden wurden. Lucy schluckte und spürte, wie sich ein Knoten in ihrer Brust bildete.

Allein der Gedanke daran, in seinem Bett zu schlafen und diese Decke zu benutzen, die er so offensichtlich in Ehren hielt, traf sie. Das konnte sie nicht tun. Im Laufe des Tages hatten Big John und ein weiterer Mann die Truhe gebracht, in der sich ihre eigenen Sachen befanden. Gewissenhaft faltete sie die Steppdecke zusammen und legte sie auf die Truhe. Sie ging zu ihrer Reisekiste, öffnete sie und entnahm ihr die Decke und die Bezüge, die sie eingepackt hatte. Sie waren einfach, aber farbenfroh und es waren ihre eigenen.

Sie bezog die Decke und schlüpfte dann unter die Laken. Sie blies die Kerze aus und machte es sich unter der Decke bequem. Sie starrte noch einige Zeit an die Decke und dachte, dass sie nicht so schnell würde einschlafen können, weil sie so aufgeregt war. Doch sie schlief beinahe sofort ein. Das letzte, woran sie dachte, war Treys attraktives Gesicht und enttäuscht dachte sie daran, dass ihr Wunsch, ihn zu heiraten, nicht in Erfüllung gegangen war.

KAPITEL FÜNF

Als sie am nächsten Tag erwachte, drangen bereits Sonnenstrahlen durchs Fenster herein. Sie setzte sich aufrecht hin und schnappte nach Luft. *Oh nein, sie war die Haushälterin und hatte es versäumt, aufzustehen und das Frühstück zuzubereiten!* Sie kletterte aus dem Bett, zog sich ihr Nachthemd aus und streifte eilig ein sauberes Kleid über. Sie fuhr sich mit der Bürste durch die langen Haare und wand sie dann rasch zu einem Knoten in ihrem Nacken. Sie machte sich noch so gut es ging frisch und eilte dann aus ihrem Zimmer.

Janie saß am Tisch und knabberte einen Keks. Trey war nirgendwo zu sehen.

„Guten Morgen“, sagte Janie strahlend.

Besorgnis erfüllte sie. *Sie war die Haushälterin. Was für eine Haushälterin schlief aus, während ihr Arbeitgeber aufstand und zur Arbeit ging?* „Hast du gut geschlafen?“, erkundigte sie sich und versuchte herauszufinden, was sie als erstes tun sollte. Nachdem sie diesen Tag auf dem völlig falschen Fuß begonnen hatte.

„Willst du Maisbrot und Marmelade? Pa hat eins für dich übriggelassen.“

Sie unterdrückte ein Stöhnen. Er hatte kaltes Maisbrot essen müssen und am Vortag waren nur drei Stück übriggeblieben. Ihr schwirrten unzählige Fragen durch den Kopf, auf die sie eine Antwort brauchte. *Würde er zum Mittagessen nach Hause kommen? Musste sie eine Mahlzeit vorbereiten?*

„Dein Pa ist also zur Arbeit gegangen?“

„Ja, vor einer Weile. Er hat gesagt, ich soll dich nicht stören, da du die letzten beiden Tage unterwegs warst und die Reise beschwerlich war und du wahrscheinlich erschöpft warst.“

Das war sie tatsächlich gewesen, aber das spielte im Moment keine Rolle. Sie war gerade erst eingestellt worden. Sie konnte jederzeit entlassen werden, wenn sie ihren Aufgaben nicht nachkam. Das bedeutete, dass sie es ab sofort besser machen musste.

„Ja, das war ich, aber nun bin ich ausgeruht. Und ich muss waschen. Kannst du mir zeigen, wo ich die Waschschüssel finde?“

„Oh ja. Sie steht draußen auf der Veranda.“

Lucy folgte Janie auf die Veranda und sah das zusammengerollte Bettzeug, in dem Trey geschlafen hatte. Sie zuckte zusammen. Der arme Mann hatte wegen ihr auf dem Boden geschlafen – nicht einmal auf einem Feldbett – und sie hatte ihm noch nicht mal ein warmes Mahl zum Frühstück bereitet.

„Hier ist die Waschschüssel. Pa benutzt sie nicht. Eine der Damen wäscht unsere Wäsche.“

„Nun, jetzt bin ich hier und wir beide werden das erledigen. Aber wir müssen zeitig damit anfangen, damit deine Decken vor Einbruch der Dunkelheit trocken sind.“

„Oh, ich mag es, wenn meine Decken frisch gewaschen sind. Dann riechen sie so gut nach Sonnenschein und Seife."

Lucy lächelte, als sie das bezaubernde Lächeln auf Janies Gesicht erblickte. Das kleine Mädchen war ein Schatz. „Dann lass uns gleich damit anfangen, damit du heute Nacht den Sonnenschein in deinen Decken riechen kannst."

Sie gingen nach draußen und hinüber zu einer Pumpe. Sie stellte die Wanne unter den Hahn und begann zu arbeiten – auf und ab, auf und ab. Da sie in den letzten Tagen keine körperliche Arbeit verrichtet hatte, taten ihr bereits nach kurzer Zeit die Arme weh.

Janie plauderte den ganzen Morgen über während sie arbeiteten und Bettlaken und Bettbezüge wuschen. Es war ein langer Morgen, doch Lucy genoss die Arbeit, trotzdem sie anstrengend und schweißtreibend war. Am frühen Vormittag bekamen sie Gesellschaft.

„Mrs. Mulberry, Miss Essie Jane Tate!", rief Janie aus, als zwei Damen um die Hausecke bogen.

Lucy stand auf und wischte sich die Hände an

ihrer Schürze ab. Mrs. Mulberry war eine bereits ergraute rundliche Frau mit einem strahlenden Lächeln auf dem Gesicht. Die andere Dame war schlank und sah eher schüchtern aus, doch sie blickte Lucy sanft lächelnd und genauso einladend an wie ihre Begleiterin.

Beide schlossen Janie in die Arme.

„Wir sind gekommen, um Sie bei uns in Sweet willkommen zu heißen." Mrs. Mulberry stellte sie vor, obwohl Janie bereits ihre Namen verraten hatte.

Lucy stellte sich ebenfalls vor und lud sie zum Tee ein.

„Oh nein, wir wollen Sie nicht stören. Wir wollten Sie nur willkommen heißen. Wir haben gestern gehört, dass Sie als Haushälterin des Sheriffs arbeiten werden und nach der kleinen Janie schauen und das hat uns mit solcher Freude erfüllt."

„Oh ja, das hat es", stimmte Miss Essie Jane Tate ihr zu. „Es wird den beiden ungemein guttun, wenn ihnen eine jüngere Frau hilft. Unser Sheriff arbeitet viel zu viel und kann Hilfe gut gebrauchen. Was er wirklich braucht, ist eine Frau."

Janie ging ihre Puppe holen, die sie fallen gelassen hatte, als die beiden Frauen eingetroffen waren.

Mrs. Mulberry sagte leise: „Als wir gestern gesehen haben, wie Sie aus der Postkutsche gestiegen sind, da haben wir gehofft, dass Sie eine Versandbraut sind. Dass unser guter Sheriff vielleicht endlich eingesehen hat, dass er selbst eine Frau und Janie eine Mutter braucht. Aber auch eine Haushälterin stellt bereits eine Verbesserung der Situation dar."

Lucy erwiderte nichts, wünschte aber, es wäre so gewesen.

„Naja, wer weiß", sagte Essie Jane leise. „Vielleicht wird hier ja noch Liebe erblühen."

Sie war schockiert über den Einwurf der schmalen Frau, dachte dann jedoch an ihren gutaussehenden Chef... und konnte sich der sehnsüchtigen Hoffnung, die sie erfüllte, nicht erwehren.

Die beiden blieben nicht lange und nachdem sie gegangen waren, machte sich Lucy hoffnungsvoll und in dem Gefühl, hier willkommen zu sein, wieder an die

Arbeit. Sie würde das Beste aus der Situation machen. Und vielleicht behielt Miss Essie Jane Tate ja recht. Vielleicht würde hier tatsächlich Liebe erblühen.

Trey war auf dem Weg nach Hause, um dort zu Mittag zu essen, als er Mrs. Mulberry und Miss Essie Jane Tate begegnete.

Mrs. Mulberry lächelte so strahlend, als hätte sie gerade ein Stück ihres Lieblingskuchens verdrückt. „Einen guten Morgen, Sheriff. Wir waren gerade bei Ihnen, um Lucy kennenzulernen. Was für eine reizende junge Frau. Janie scheint ganz begeistert darüber zu sein, dass Sie eine Haushälterin eingestellt haben und wir sind es auch. Ich muss gestehen, dass wir für Sie gebetet haben, dass Sie endlich eine Frau finden und wir hatten gehofft, dass Lucy eine Versandbraut ist, die hierhergekommen ist, um Ihre Frau zu werden.“

„Ja“, fügte Miss Essie Jane hinzu. „Wir waren ziemlich enttäuscht, als wir erfahren haben, dass das nicht der Fall ist. Doch zumindest hatten Sie den wundervollen Einfall, sie einzustellen, um auf Janie aufzupassen. Sie wird eine Bereicherung für Sie beide sein."

Mrs. Mulberry neigte ihren Kopf zur Seite. „Nichtsdestotrotz komme ich nicht umhin, noch hinzuzufügen, dass Lucy, so hübsch wie sie ist, sicherlich bald von einem schnittigen Cowboy dazu gebracht werden wird, ihre Stellung bei Ihnen aufzugeben, um eine eigene Familie zu gründen. Und dann wird unsere kleine Janie wieder genau da sein, wo sie auch gestern war…"

„Richtig", sagte Miss Essie Jane und sah bei diesem Gedanken ganz niedergeschlagen aus. „Was machen Sie dann? Das wird sehr traurig."

Erschrocken stellte Trey fest, dass die beiden recht hatten.

Mrs. Mulberry hielt nicht inne. „Nun, wir werden Sie nicht länger aufhalten. Wir sind auf dem Weg ins Restaurant, um dort zu Mittag zu essen. Wir sehen Sie später, junger Mann."

Ratlos setzte Trey den Weg zu seinem Haus fort. Er vernahm Janies Geschnatter aus dem Hinterhof.

Er hatte eine lange Nacht auf dem harten Boden

verbracht und sich die ganze Nacht über unruhig von einer Seite auf die andere gedreht. Er war beunruhigt gewesen und er hatte immer wieder an Lucy denken müssen.

An der Hausecke blieb er stehen und belauschte ein Gespräch zwischen Lucy und Janie, in dem sich die beiden über Janies Puppen unterhielten.

„Ich fasse es nicht – du weißt wirklich, wie man Puppen macht?", rief Janie aus.

„Ja, das weiß ich. Meine Mama hat es mir beigebracht, bevor sie gestorben ist. Und ich werde es dir beibringen. Es ist gut, das zu können und es macht Spaß. Wir können auch Puppenkleider nähen, dann kannst du deine Handarbeitsfähigkeiten verbessern."

„Meine Mama bekam nie die Gelegenheit, mir etwas beizubringen", sagte Janie leise. „Sie ist bei meiner Geburt gestorben. Ich hätte sie so gerne kennengelernt."

„Das wünschte ich mir auch für dich."

„Ich bin froh, dass du hiergekommen bist. Vielleicht hat meine Mama dich geschickt, damit du an ihrer Stelle auf mich aufpasst."

Treys Herz donnerte in seiner Brust, als er die wehmütigen Worte seines Kindes vernahm. *Sie sehnte sich nach ihrer Mutter. Nach einer Mutter.* In diesem Moment erblickte ihn Janie.

„Pa", rief sie aus und rannte auf ihn zu. Er nahm sie in die Arme, hielt sie fest und betrachtete sie.

Sie wurde älter. Was bedeutete, dass sie eine Frau in ihrer Nähe brauchte. Jemanden, der dauerhaft für sie da war. Und sie mochte Lucy. *Was, wenn jemand anderes ihnen Lucy wegschnappte?* Besorgt dachte er an Mrs. Mulberrys Worte.

KAPITEL SECHS

Doris Nixon war die Inhaberin des Restaurants, ihr Mann war vor ungefähr zwei Jahren gestorben. In letzter Zeit hatte sie Trey ab und zu Essen ins Büro gebracht, wenn sie Zeit dafür hatte und sie hatten sich nach dem Gottesdienst miteinander unterhalten. Trey wusste, dass sie an ihm interessiert war, fühlte sich aber nicht zu ihr hingezogen. Sie waren beide jung und hatten einen geliebten Menschen verloren. Er war nett zu ihr, auch wenn er nicht das Bedürfnis verspürte, wieder zu heiraten. Als er jetzt so darüber nachdachte, fiel ihm auf, dass sie nicht nur eine rechtschaffene Bürgerin dieser Stadt, sondern auch recht hübsch war. Doch ihr Hauptaugenmerk lag auf ihrem Restaurant und sie schien sich nicht allzu sehr für Janie zu interessieren, wenn sie im Restaurant waren. Und das störte ihn wirklich.

Lucy wrang ein weiteres Laken und eine Decke aus. Er konnte sehen, wie sich die Muskeln an ihren Armen anspannten, da sie die Ärmel hochgekrempelt hatte und ihre Unterarme unbedeckt waren. Sie arbeitete hart. Wie sie es bereits seit gestern tat, als sie den Job angenommen hatte.

Die nasse Decke, die sie gerade auswrang, war schwer und sie strich sich mit dem Handrücken das feuchte Haar aus dem Gesicht.

Er ging zu ihr, um ihr damit zu helfen. „Lassen Sie mich Ihnen helfen."

„Oh nein, das geht schon. Das mache ich häufig."

Er griff trotzdem nach der nassen Decke. Seine Hände streiften ihre, ganz wie es am vorherigen Tag der Fall gewesen war. Erneut spürte er, wie sich ein Kribbeln von seinen Armen bis in seinen Bauch ausbreitete. Ihre Augen weiteten sich und ein kleines

Keuchen entrang sich ihren hübschen, rosigen Lippen, so als ob sie das gleiche Kribbeln verspürt hatte.

„Ich werde mit Ihnen diese Decke auswringen, indem ich das eine Ende in die entgegengesetzte Richtung drehe."

„Ja, Sir, wenn Sie das wollen", sagte sie.

Ihre Worte der Zustimmung brachten ihn aus dem Gleichgewicht. Er stellte fest, dass er es nicht mochte, wenn sie *Ja Sir* zu ihm sagte, aber er war nun einmal ihr Arbeitgeber. Er räusperte sich und hielt die Decke fest in seinen Händen. Sie packte das andere Ende und gemeinsam drehten sie sie in entgegengesetzte Richtungen, bis das Wasser aus der Bettdecke herausfloss.

Er überlegte, wie er die Zwickmühle lösen konnte, in der er sich befand. Er hatte sie eingestellt, was gewissermaßen eine Mauer zwischen ihnen bedeutete und das sie Ja Sir sagte, war richtig… und doch so falsch. Schließlich sprach er aus, was ihm durch den Kopf ging. „Sie müssen mich wirklich nicht mit *Sir* ansprechen."

Sie wischte sich die Hände an ihrer Schürze ab

und strich sich eine weitere feuchte Haarsträhne aus den Augen. Ihre blonden Haare glänzten im Sonnenschein. „Sie sind nun einmal mein Chef. Ich würde mir seltsam vorkommen, es nicht zu sagen."

Er runzelte die Stirn, dann nahm er ihr die Decke ab und hängte sie an die Wäscheleine. Sie ging ihm dabei zur Hand, während Janie hinter einem Schmetterling herlief. „Ich habe die Leine hier angebracht, als Janie noch ein Baby war und ich ihre Babysachen waschen musste. Es hat mich unglaublich überrascht, wie viel Wäsche so ein kleines Kind verursacht." Er lächelte und Lucy lachte leise. Ihr Lachen gefiel ihm. *Sie* gefiel ihm.

„Aber Sie haben es hinbekommen. Es tut mir leid, dass Sie einen solchen Verlust erlitten haben. Sie und Janie."

„Danke." Sie blickten einander an, dann drehte sie sich herum und fuhr fort, die Wäsche zu waschen. „Warten Sie. Ich bin nach Hause gekommen, um etwas zu essen, aber ich habe mir gedacht, dass wir vielleicht alle gemeinsam ins Restaurant gehen könnten, wo Sie doch neu in der Stadt sind."

Sie strich mit ihren feuchten Händen über ihre Schürze. Ihre Wangen waren gerötet von dem heißen Wasser und der Anstrengung. Ihre Augen funkelten in der Sonne und er fragte sich, ob sie sich wohl verdunkeln würden, wenn sie geküsst wurde. Dieser Gedanke kam ihm ganz plötzlich.

„Und, was denken Sie?", fragte er mit trockenem Mund.

„Ich sehe bestimmt schrecklich aus. Ich halte das für keine gute Idee. Dort sind sicher eine Menge Leute und ich habe den ganzen Vormittag über Wäsche gewaschen."

„Sie sehen reizend aus. Aber wenn Sie einen Moment benötigen, um sich frisch zu machen, dann macht mir das nichts aus."

„Gehen wir ins Restaurant?", fragte Janie, die sie gehört hatte und nun angerannt kam. „Lass uns gehen, Lucy. Im Restaurant gibt es den besten Kuchen, den du je gegessen hast."

Lucy blickte von ihm zu Janie. Die Freude in

Janies Gesicht schien dafür zu sorgen, dass sie ihre Meinung änderte.

„In Ordnung. Gebt mir einen Moment, damit ich meine Haare etwas ordnen kann und meine Schürze ausziehen kann." Sie rollte die Ärmel herunter. „Ich bin gleich fertig." Sie eilte zum Haus und verschwand darin.

Janie sprang auf und ab und Trey spürte, wie sehr er sich darüber freute, dass sie gemeinsam essen gehen würden. Er konnte sich nicht daran erinnern, wann er das letzte Mal mit einer Frau eine Mahlzeit in der Öffentlichkeit zu sich genommen hatte. Zwar hatten sie auch am vorherigen Abend gemeinsam gegessen, aber dies war etwas anderes.

Wie sie gesagt hatte, kam Lucy nach wenigen Minuten zurück. Sie hatte ihr Haar im Nacken zu einem ordentlichen Knoten gebunden und plötzlich fragte er sich, wie sie wohl mit offenen Haaren aussehen würde. Er schob den Gedanken beiseite und bewunderte das weiche grüne Kleid, das sie angezogen hatte. Es war nicht neu, aber es war hübsch und bildete einen schönen Kontrast zu ihren Augen. Als sie die Veranda verließ, schwangen ihre Hüften und er spürte, wie sich etwas in ihm regte. Er wollte ihr seinen Arm hinhalten, doch wenn sie Arm in Arm die Straße entlanggingen, dann würde jeder in der Stadt noch mehr über sie reden, als er das ohnehin bereits tat. Stattdessen griff er nach Janies Hand.

„Ich führe gleich zwei hübsche Damen zum Mittagessen aus. Jeder Mann in dieser Stadt wird eifersüchtig auf mich sein." Janie kicherte und er erfreute sich an ihrem Anblick, als sie an seiner Hand neben ihm her hüpfte.

Sie gingen auf dem Bürgersteig die Straße entlang und es kam Trey so vor, als würde jeder männliche Einwohner dieser Stadt, der gerade auf den Beinen war, an ihnen vorbeigehen, um Lucy einen guten Tag zu wünschen oder sich grüßend an den Hut zu tippen.

Als sie das Restaurant erreichten, hatte er ein paar Männer angeknurrt und war sich bereits nicht mehr ganz so sicher, ob dieser Ausflug eine gute Idee gewesen war. Er dachte an Mrs. Mulberrys Worte.

Es würde nicht mehr lange dauern, bis die Männer beginnen würden, Lucy den Hof zu machen.

Bei diesem Gedanken verging Trey der Appetit.

Verlegen stellte Lucy fest, dass sie unentwegt von Männern gegrüßt wurde, als sie den Bürgersteig entlanggingen. Jeder hier war unglaublich freundlich, aber jedes Mal, wenn ein Mann sich grüßend an den Hut fasste oder Hallo sagte, verspannte Trey sich und benahm sich wie ein Grizzly. Doch das bildete sie sich wahrscheinlich nur ein, denn schließlich hatte er gesagt, dass er sie nicht heiraten wolle. Sie musterte jeden Mann unter gesenkten Wimpern und fragte sich, ob er wohl an ihr interessiert war. Schließlich war sie in diese Stadt gekommen um zu heiraten und nur weil Trey das offenbar nicht wollte, hieß das ja schließlich nicht, dass sie vom Markt war. Wie Big John gesagt hatte, würde sie sich jetzt einen Ehemann aussuchen können.

Trotzdem, als sie jetzt so neben Trey herging, diesem großen, starken und attraktiven Mann… keiner der anderen Männer kam ihm gleich. Nachdem sie die letzten vierundzwanzig Stunden in seiner Gegenwart verbracht hatte, würde es ihr schwerfallen, wenn ihr ein anderer Mann den Hof machen würde. Es gab so vieles an ihm, dass sie attraktiv fand. Seine Stimme – sie liebte seine Stimme. Und sie liebte die Art und Weise, wie er mit Janie umging. Deswegen hatte sie ihn sofort ins Herz geschlossen. Die Briefe, die er nicht selbst geschrieben hatte, hatten den Grundstein dafür gelegt.

Sie bewunderte alles an ihm. Sie bemühte sich darum, diesen Gedanken zu verscheuchen. Sie versuchte sich vorzustellen, wie es wäre, einen der Cowboys oder Landwirte zu heiraten, die sie grüßten. Aber es gelang ihr nicht; keiner von ihnen schien der richtige zu sein. *Trey* fühlte sich richtig an, obwohl er offensichtlich nur wollte, dass sie ihm im Haushalt und bei der Kindererziehung half. Ihre Laune verschlechterte sich, als sie die Straße überquerten und auf das Restaurant zugingen.

Die Blumenkästen auf den Fensterbänken waren farbenfroh und machten einen einladenden Eindruck.

Sie versuchte, ihre schlechte Stimmung abzuschütteln. In den Westen zu reisen, um einen Mann zu heiraten, den sie nie zuvor gesehen hatte, war riskant gewesen. Doch sie wollte hier im Westen ganz von vorn beginnen, in dieser rauen Gegend, über die sie daheim so viel gelesen hatte.

Aber sie wollte Sicherheit und eine eigene Familie und die Anstellung als Treys Haushälterin brachte sie keinem dieser beiden Wünsche näher. Tief in Gedanken versunken stolperte sie, als sie durch die Tür trat, die Trey ihr aufhielt. Er packte sie am Arm, um zu verhindern, dass sie fiel.

„Geht es Ihnen gut?"

Ihr Herz begann zu klopfen, als sie die Wärme seiner Hand auf ihrem Arm spürte. Sie errötete, weil sie sich so unbestreitbar zu ihm hingezogen fühlte. Sie musste die Reaktionen ihres Körpers, die sie jedes Mal verspürte, wenn er sie berührte, in den Griff bekommen. Sie musste aufhören, in ihm den Mann zu sehen, den sie hatte heiraten wollen.

Sie entzog sich ihm. „Es geht mir gut. Ich habe nicht aufgepasst. Ich habe die Blumen und das

Restaurant bewundert." Was zumindest zum Teil der Wahrheit entsprach.

Janie betrat das Restaurant und sah sich um. „Ich finde es auch sehr hübsch hier", sagte das Kind. „Vielleicht werde ich eines Tages mein eigenes Restaurant besitzen, wenn ich groß bin."

Trey sah Janie an. „Das ist gut möglich, wenn es das ist, was du willst. Und mit dem, was Lucy dir beibringt, wird es bestimmt ein voller Erfolg."

Als Lucy hörte, wie Trey seine Tochter darin bestärkte, all das zu tun, wovon sie träumte, da schloss sie ihn noch ein wenig mehr ins Herz.

Eine Frau mit schönen roten Haaren und einem herzförmigen Gesicht mit großen grünen Augen näherte sich ihnen. Sie wirkte in diesem Kleinstadtrestaurant seltsam fehl am Platz und schien eher in eine große Stadt wie St. Louis zu passen. Lucy war noch damit beschäftigt, ihren Anblick zu bewundern, als ihr auffiel, dass die strahlenden Augen der hübschen Frau ausschließlich auf Trey gerichtet waren.

„Trey, wie schön, Sie zu sehen", sagte sie

beschwingt. „Ich habe schon gedacht, ich müsste Ihnen mal wieder etwas zu essen im Büro vorbeibringen, um Sie zu sehen. Sie arbeiten entschieden zu viel."

Lucy bemerkte, dass Treys Gesicht sich leicht rötete. Er blickte unbehaglich drein und sah erst sie an, bevor sein Blick zu Janie glitt. Sie weigerte sich, voreilige Schlüsse zu ziehen, doch zwischen ihm und der schönen Besitzerin des Restaurants schien etwas zu sein.

„Ja, ich bin gerade sehr beschäftigt, Doris. Ich möchte, dass Sie meine neue Haushälterin kennenlernen. Lucy Calvert. Sie ist gestern mit der Kutsche eingetroffen."

Lucy fühlte sich herabgesetzt, als Doris nun den Kopf in ihre Richtung neigte. Ihre Augen verengten sich, als sie Lucy von Kopf bis Fuß betrachtete.

„Wir haben uns großartig amüsiert, seit sie angekommen ist", sagte Janie und nahm Lucys Hand.

Doris' Blick glitt zu Janie und dann zurück zu Trey.

Bildete sich Lucy das nur ein, oder hatte die Frau Janie einfach ignoriert? „Das stimmt. Wir hatten eine

Menge Spaß." Lucy drückte Janies Hand.

„Ich habe von ihrer Ankunft gestern gehört. Über den ganzen Aufruhr, den ihr verursacht habe, als ihr über die Straße zur Pension gegangen seid. Man hat mir gesagt, sie wäre von roten Flecken übersät gewesen."

Lucy mochte es nicht, wenn man über sie sprach, als wäre sie gar nicht anwesend.

„Lucy ist allergisch gegen Katzen und da es in der Pension mehrere Katzen gibt, konnte sie nicht dortbleiben."

Doris' Gesichtsausruck veränderte sich jäh. „Nun, wenn sie nicht dort wohnt, wo wohnt sie denn dann?"

„Bei uns zu Hause", teilte Janie ihr mit und grinste zufrieden.

„Was?"

„Ja, sie wohnt bei uns", sagte Trey. „So ist es am besten, da Lucy unsere Haushälterin ist und sich um Janie kümmert. So ist es am einfachsten."

Doris sah erschüttert aus. Lucy hatte angenommen, dass bereits jeder, der in dieser Stadt lebte, die Neuigkeiten gehört hatte, dass sie seine

Haushälterin war und in seinem Haus lebte.

„Sie wohnt in Ihrem Haus?", keuchte Doris. „Aber Trey, das ist äußerst unangemessen. Sie sollten an Ihre kleine Tochter denken. Und nun ja, jetzt lebt diese junge Frau mit Ihnen unter einem Dach. Das ist einfach nicht richtig."

„Ich habe mein eigenes Zimmer", erwiderte er finster. „Sie hat ein eigenes Zimmer und Janie ist außerdem im Haus. Ich wüsste nicht, was wir anders machen sollten."

„Man sollte annehmen, Sie würden Sie an einem anderen Ort unterbringen. Oder noch besser, eine ältere Frau einstellen. Keine, die…, die…" Sie betrachtete Lucy erneut von oben bis unten. „Keine, die es mag, wenn über sie geredet wird."

Fassungslos fuhr Lucy zusammen. Offenbar war ihr erster Eindruck von der schönen Frau hoffnungslos falsch gewesen. Beschämt stand sie mitten im Restaurant, zu gedemütigt, um etwas zu erwidern und fragte sich, was wohl all die anderen Bewohner dieser Stadt über sie denken mochten.

KAPITEL SIEBEN

Trey versuchte, seinen Zorn zu verbergen. Trotzdem es in ihm brodelte, biss er die Zähne zusammen. Er sah die Pein und Erniedrigung in Lucys Augen. Und das störte ihn mehr, als er in Worte fassen konnte. Seit Lucy in die Stadt gekommen war und festgestellt hatte, in welcher unangenehmen und schwierigen Situation sie sich befand, war sie immer ausgesprochen nett zu ihm und Janie gewesen. Sie war stets voller Anmut und Freundlichkeit gewesen. Er hatte gedacht, er hätte diese peinliche Situation geklärt, indem er sie als seine Haushälterin eingestellt hatte.

Doch Doris' Worte verunsicherten ihn. Dachten die anderen Leute genauso?

Sein Blick glitt durch den Essbereich. Mrs. Mulberry und Miss Essie Jane Tate winkten ihnen zu und lächelten. *Was mochten sie denken? Wenn sie es waren, die ihn und Lucy hatten verkuppeln wollen, hatten sie dann mit einkalkuliert, dass er ihrem Plan womöglich nicht Folge leisten würde?*

Mrs. Mulberry stand auf und kam zu ihnen herübergehuscht. Erfreut nahm er das zur Kenntnis und fragte sich, ob die ältere Frau gespürt hatte, dass etwas nicht stimmte.

„Ihr drei müsst euch zu uns setzen. Doris, würden Sie wohl noch einen weiteren Stuhl an unseren Tisch bringen?" Sie musterte sie freundlich und einladend.

Erleichtert hoffte Trey, dass die Situation vielleicht doch nicht so schlimm war, wie er für einen Moment gedacht hatte.

„Haben Sie gewusst, dass sie die letzte Nacht in Treys Haus verbracht hat?", wollte Doris von Mrs. Mulberry wissen.

Die ältere Dame runzelte die Stirn. „Ja, aber ich

bin mir sicher, dass die Umstände äußerst respektabel waren. Janie war dort und Lucy ist eine reizende Frau und unser Sheriff ein ehrbarer Mann."

„Aber... Sie wissen genau, dass das keine achtbare Situation ist", keuchte Doris.

Trey warf Lucy einen Blick zu und sah, dass sie erblasste, während sie ihren Blick auf den Boden richtete.

„Ich habe nicht nachgedacht. Ich hätte ihr sofort ein Zimmer in meinem Haus anbieten sollen", sagte Mrs. Mulberry, Doris noch immer ignorierend. „Ich kann Ihnen versichern, dass bei mir keine Gefahr von Katzen ausgeht. Was für liebenswerte kleine Tierchen, aber auch ich bin gegen sie allergisch. Reagiere mit dem schrecklichsten roten Ausschlag auf sie. Mein lieber Mr. Mulberry, Gott segne ihn, hätte mich beinahe umgebracht, als er mir ein Kätzchen zur Hochzeit schenkte. Ich weiß also, wie es Ihnen geht. Doch da Sie ja schließlich auf Janie aufpassen sollen, hätte ich auch vollstes Verständnis dafür, wenn Sie weiterhin bei Trey wohnen möchten."

Trey begriff plötzlich, dass er einen schrecklichen

Fehler gemacht hatte.

„Ich weiß nicht", begann Lucy. „Ich denke, angesichts der Umstände ist dies ein äußerst nettes Angebot." Ihre Wangen waren gerötet und er sah die Demütigung in ihren Augen.

Daran war er allein schuld.

Doris hatte ihn unwissentlich zur Besinnung gebracht.

Trotzdem Lucy gestern erschöpft gewesen war, hatte sie gearbeitet und mit seiner Tochter gespielt, nur um dann in seinem Zimmer zu schlafen und damit ihren guten Ruf zu gefährden. Sie war in der Absicht hierhergekommen, zu heiraten und nun sagten Leute wie Doris unfaire und demütigende Dinge über sie. Wie hatte er nur so dumm sein können?

„Mrs. Mulberry. Ihr Angebot ist äußerst freundlich und unter den gegebenen Umständen kommt es sehr gelegen. Würde es Ihnen etwas ausmachen, wenn Janie sich einen Moment zu Ihnen setzt und Lucy und ich in wenigen Minuten zu ihnen stoßen?"

„Aber natürlich. Tun Sie das."

„Danke." Er nahm Lucy beim Ellbogen und zog

sie nach draußen. Er musste alles wieder in Ordnung bringen.

Lucy starrte ihn erschrocken an. Er zwang sich zur Ruhe. Das alles war seine Schuld, nicht ihre. Er fühlte den starken Drang, Lucy zu beschützen und bemühte sich, nicht wütend auszusehen, als er sie mit sich aus dem Restaurant zog.

Ruhig und gelassen schritt sie neben ihm über den Bürgersteig und als dieser endete, folgten sie der Straße in Richtung der kleinen Kirche. Trey wusste nicht genau, wohin er mit ihr gehen sollte, doch als er den Friedhof sah, kam ihm eine Idee. Unter dem großen Pappelbaum stand eine Bank.

In seinem Inneren tobte ein heftiger Konflikt. So vieles war zu bedenken und so vieles hatte er bereits falsch gemacht. Obwohl er nicht derjenige gewesen war, der dies alles verursacht hatte, so war es doch an ihm, das Problem zu beheben.

Lucy blieb stumm, auch als er das Tor öffnete und sie zu der Bank, die unter dem Baum stand, führte.

„Würden Sie sich mit mir hier hinsetzen?", fragte er.

Sie sank auf eine Seite der Bank, den Rücken gerade durchgedrückt und die Wangen noch immer gerötet. Er hatte nicht den Hauch einer Ahnung, was sie wohl denken mochte.

„Wir müssen uns unterhalten." Er setzte sich neben sie. Die Bank war klein und sie saßen so nahe beieinander, dass sich ihre Schultern berührten.

„Ich muss mich bei Ihnen entschuldigen. Ich habe Sie in eine furchtbar kompromittierende Situation gebracht. Das wollte ich nicht. Gestern dachte ich noch, ich würde Ihnen damit helfen."

„Gestern waren wir beide durcheinander." Sie hielt den Blick gesenkt.

Er griff nach ihrer Hand. „Sie haben einen langen Weg zurückgelegt und ich weiß nicht wirklich viel über Sie, aber ich bin mir sicher, dass Sie eine gute, anständige und freundliche Person sind. Sie sind sehr zuvorkommend und überaus nett zu Janie gewesen und es tut mir leid, dass Doris diese schrecklichen Dinge über Sie gesagt hat. Doch in gewisser Weise bin ich froh darüber. Sie hat mir deutlich vor Augen geführt, was ich getan habe. Ich kann Ihnen gar nicht sagen, wie schlecht ich mich deswegen fühle." Er machte eine Pause und räusperte sich. „Meine Frau Beth war ein toller Mensch. Sie ist kurz nach Janies Geburt von uns gegangen. Seitdem habe ich mich in die Arbeit gestürzt und versucht, für Janie da zu sein."

Ihre Wimpern hoben sich und sie sah ihn an. „Sie sind ein wunderbarer Vater."

Ihre Worte trafen ihn. „Vielen Dank. Aber offensichtlich hat jemand in dieser Stadt erkannt, dass mein Kind eine Mutter braucht. Ich dachte, wir kommen gut zurecht, aber seitdem Sie gestern angekommen sind, ist mir bewusst geworden, wie sehr Janie sich nach einer Mutter sehnt. Ich weiß nicht, wer dafür gesorgt hat, dass Sie hierhergekommen sind. Zunächst habe ich gedacht, dass es vielleicht Mrs. Mulberry und ihre Handarbeitsgruppe gewesen sein könnten, aber nun bin ich mir dessen nicht mehr sicher. Aber das ist im Moment auch nicht so wichtig. Wenn ich darüber nachgedacht habe, wieder zu heiraten, habe ich immer nur an mich selbst gedacht. Doch irgendjemand hat erkannt, dass es unfair Janie gegenüber ist, sie gar nicht in meine Überlegungen miteinzubeziehen." Die Brust wurde ihm eng, als ihm klar wurde, was er im Begriff war zu sagen. Lucy schaute nun wieder nach unten.

„Janie ist das Wichtigste für mich auf der Welt. Ich möchte wirklich, dass sie glücklich ist. Sie braucht eine Mutter. Bereits in der kurzen Zeit, die Sie mit ihr verbracht haben, haben Sie etwas verändert. Sie ist noch nie mit jemandem so gut zurechtgekommen wie mit Ihnen. Was ich sagen will, ist, dass diese Situation mit Ihnen als Haushälterin auf Dauer nicht funktionieren wird."

Lucys Blick schoss zu ihm und sie wurde blass. „Okay, ich denke, dann werde ich mir eine andere Arbeit suchen müssen. Vielleicht kann ich bei Mrs. Mulberry unterkommen..." Ihre Hand zitterte in seiner.

Er lächelte und drückte sie sanft. „Nein, das habe ich nicht gemeint. Was ich sagen wollte, war, dass ich denke, wir sollten vielleicht von Mrs. Mulberrys Angebot Gebrauch machen, wenn Sie das möchten. Ich möchte Ihren Ruf nicht noch mehr schädigen. Aber eigentlich wollte ich Sie fragen, ob Sie in Betracht ziehen würden, ihren ursprünglichen Plan in die Tat umzusetzen. Würden Sie…" Er stolperte über seine Worte. Schweißperlen traten ihm auf die Stirn und er spürte einen Knoten in seinem Bauch. „Was ich sagen wollte, ich denke, wir sollten über eine Ehe nachdenken."

Ihre Augen wurden groß wie Wagenräder. „Du möchtest mich heiraten?"

„Ja." Er war sich nicht sicher, ob er das richtige tat, aber er wusste, dass sie eine gutherzige Frau war, die sich gut um seine Tochter kümmern und sie lieben würde. Und wenn ihm etwas zustoßen sollte, dann würde er in Ruhe gehen können, weil er wusste, dass sie sich auch weiterhin um Janie kümmern würde.

„Aber was ist mit Doris? Da ist doch etwas zwischen dir und ihr…?"

„Nichts, was eine Zukunft hätte. Ich möchte, dass Janie eine Mutter bekommt, die sie lieben und für sie sorgen wird. Und das bist du. Aber es liegt bei dir. Wenn du das nicht möchtest, dann sprechen wir mit

Mrs. Mulberry und fragen sie, ob du bei ihr bleiben kannst, während du tagsüber nach dem Haus und Janie siehst."

„Nein, ich möchte gern an meinem ursprünglichen Plan festhalten. Ich möchte deine Frau werden."

Er schluckte, als er ihre Worte vernahm. Dann holte er tief Luft. „Gut. Wir können die Details in den nächsten zwei Tagen klären. Ich denke nicht, dass du weiter als meine Haushälterin arbeiten solltest. Das nächste Mal wirst du als meine Frau und Janies Mutter in unser Haus kommen. Ich tappe völlig im Dunkeln, wie diese Dinge sonst funktionieren. Ich bin dir ja völlig fremd, aber trotzdem bist du den ganzen Weg hierhergekommen und wusstest kaum mehr über mich als meinen Namen."

Sie kicherte. „Immerhin hatte ich die zwei Briefe von dir, die beide recht ausführlich waren. Und wer immer diese Briefe geschrieben hat, kennt dich ziemlich gut. Außerdem denke ich, dass sie mit den besten Absichten versendet wurden, denn alles, was über dich geschrieben wurde, entspricht der Wahrheit. Du bist ehrlich, liebst deine Tochter von ganzem

Herzen... und so vieles mehr."

Er war dankbar dafür, dass derjenige, der die Briefe verschickt hatte, offenbar eine gute Meinung von ihm hatte. „Also bist du dir jetzt, wo du mich kennengelernt hast, immer noch sicher, dass du mich heiraten willst? Wir können diese Ehe auch nur auf dem Papier eingehen, es sei denn, du möchtest das ändern. Ich möchte vor allem, dass es meiner Tochter an nichts fehlt."

Er bildete sich ein, Enttäuschung in ihren Augen zu sehen... doch er war sich dessen nicht sicher. Und mit einem Mal wurde ihm klar, dass er wollte, dass sie eine gute Meinung von ihm hatte, wenn sie dies gemeinsam taten, wollte, dass sie sich sicher war. Mit allem.

Er wusste nicht, welche Umstände in St. Louis sie dazu gebracht hatten, eine Versandbraut zu werden, aber sicher hatte es irgendeinen Auslöser gegeben, diese unsichere und wahrscheinlich ziemlich beängstigende Option zu wählen. Er hoffte, dass sie sich ihm bald öffnen und ihm von ihrer Vergangenheit erzählen würde. Doch im Augenblick wartete er nur auf ihre Antwort.

Lucys Herz flatterte und klopfte dann wie eine Lokomotive in ihrer Brust. In ihrem Magen bildete sich ein Knoten und mit einem Mal war sie sich der Berührung seiner Hände, die die ihren umschlossen hielten, nur allzu bewusst. *Er hatte sie gebeten, ihn zu heiraten.* Einen Moment lang dachte sie an ihren Traum, einen Mann zu finden, der sie liebte. Er gab ihr noch einmal die Gelegenheit, Nein zu sagen, aber sie war glücklich und dankbar… dafür, dass sie derart gesegnet war und einen Mann gefunden hatte, der sie heiraten wollte, nachdem sie den ganzen weiten Weg auf sich genommen hatte.

Sie sah in seine schönen warmen Augen und nickte. „Ja, ich möchte dich immer noch heiraten. Bei dir werde ich mich sicher fühlen und es wird meinen Ruf retten. Als ich gestern ankam, haben mich die unerwarteten Ereignisse überrascht. Ich werde dir eine gute Frau sein. Und Janie eine liebevolle Mutter. Meine eigene Mutter starb, als ich noch jung war. Immerhin waren mir ein paar Jahre mit ihr vergönnt, wovon sie aber die meiste Zeit bettlägerig war. Nach ihrem Tod zog ich zu meiner Tante, doch die war Haushälterin einer wohlhabenden Familie und hatte nicht viel Zeit für mich. Ich hätte in St. Louis heiraten können, aber ich wollte die Stadt verlassen. Ich wollte in den Westen." Die Aufregung in ihren Worten war jetzt stärker zu erkennen und sie gewöhnte sich an den Gedanken, dass sie seine Frau sein würde. Das begeisterte sie. „Ich habe die Reise hierher in vollen Zügen genossen. Es war beschwerlich, aber das Land ist wunderschön und ich finde es aufregend, an der Grenze zu leben. Mir hier ein Leben aufzubauen ist genau das, wovon ich geträumt habe und deine Briefe, oder die Briefe, von denen ich annahm, dass du sie geschrieben hast, gaben mir die Kraft, den entscheidenden Schritt zu gehen, um meinen Traum wahr werden zu lassen. Dafür kann ich dir gar nicht genug danken."

Sie bemerkte einen sonderbaren Glanz und Unsicherheit in seinen Augen. Und plötzlich fragte sie sich, ob sie womöglich zu viel preisgegeben hatte. Sein Blick verharrte auf ihren Lippen.

„Ich fühle mich nicht ganz wohl dabei, dass du

mir dankst", sagte er. „Ich habe das Gefühl, ich sollte dir danken, denn ich weiß, dass du Janie eine wundervolle Mutter sein wirst und dafür bin ich dir auf ewig zu Dank verpflichtet. Meine Arbeit als Sheriff dieser Stadt bringt gewisse Gefahren mit sich und ich mache mir stets Sorgen um sie, wenn ich etwas Gefährliches tue. Ich werde viel ruhiger sein, wenn es das nächste Mal brenzlig wird, denn ich werde wissen, dass du für sie sorgen wirst."

Sie hatte nicht an die Gefahren gedacht. Angst ergriff von ihr Besitz. *Was war, wenn ihm etwas zustieß?*

„Ich denke, wir sollten in ein paar Tagen heiraten. Bist du einverstanden?"

Auf diesen Moment hatte sie gewartet. Sie schickte ein rasches Gebet zum Himmel. Gott hatte sie so weit gebracht und nun würde sie ihm vertrauen. „Zwei Tage sind in Ordnung."

Er stand auf und zog sie mit sich. Zu ihrer Überraschung zog er sie in seine Arme und drückte sie an sich. „Danke", flüsterte er gegen ihre Schläfe. Ihre Knie wurden schwach, als sie spürte, dass er seine

Arme fester um sie legte.

„Dann lass uns gehen und es Janie sagen. Sie wird begeistert sein."

Sie gingen zurück zum Restaurant und dieses Mal lag ihre Hand in seiner Armbeuge, von seiner Hand bedeckt. Sie war immer noch damit beschäftigt, das zu verarbeiten, was soeben geschehen war, als sie das Restaurant betraten. Sie würde seine Braut sein.

Sie war verblüfft und gleichzeitig begeistert von diesem Gedanken. In der Postkutsche war sie in Sorge gewesen, aber jetzt, wo sie ihn kennengelernt hatte, war sie voller Aufregung und Vorfreude.

Als sie das Restaurant betraten, glitt Doris wie eine Prinzessin auf sie zu. Ein wunderschönes Lächeln prangte auf ihrem makellosen Gesicht. Beinahe tat sie Lucy etwas leid.

„Trey, ich hoffe, ich habe vor ein paar Minuten nichts gesagt, was Sie verärgert hat. Ich habe nur ausgesprochen, was, wie ich fand, gesagt werden musste."

Trey lächelte und tätschelte Lucys Hand. „Lucy

hat zugestimmt, meine Frau zu werden. Ich bin ein äußerst glücklicher Mann." Er lächelte Lucy an. „Wir werden am Samstagmorgen heiraten. Und nun werden wir Janie die Neuigkeiten mitteilen."

Doris keuchte und trat einen Schritt zurück. „Aber das war nicht das, was ich… Trey, das alles kommt so plötzlich."

Trey schüttelte den Kopf. „Nicht wirklich. Wenn Sie uns jetzt entschuldigen würden, wir werden nun mit Janie, Mrs. Mulberry und Miss Essie Jane Tate feiern."

Sie gingen zu ihrem Tisch. Er zog einen Stuhl für Lucy hervor und setzte sich anschließend neben sie, nachdem Lucy neben Janie Platz genommen hatte. Dann lächelte er alle an. „Wir haben Neuigkeiten."

Die Damen lächelten, als wüssten sie, dass gleich etwas Gutes geschehen würde. Nun war Lucy nervös.

„Janie", sagte er. „Ich habe Lucy gebeten, meine Frau zu werden. Was sagst du dazu?"

Sie schnappte nach Luft. „Also wirst du meine Mutter sein?"

Die beiden älteren Damen grinsten breit, doch Lucy hielt den Atem an, als sie nickte. „Ist das für dich in Ordnung? Ich werde deine zweite Mutter sein, da deine erste Mutter nicht bei dir sein kann."

Janies Augen füllten sich mit Tränen und sie schlang ihre Arme um Lucy.

KAPITEL ACHT

Mrs. Mulberry war hocherfreut, Lucy für ein paar Tage bei sich aufzunehmen. Sie hatte ein schönes Zuhause und Lucy fand die kleine Frau äußerst liebenswert. Sie umarmte sie, als sie aus der Kutsche stieg.

„Oh mein Gott, ich bin ganz aufgeregt, dass Sie hier sind.“

Trey sagte, er würde sie am nächsten Morgen abholen kommen und Janie umarmte sie fest, was Lucy mit Freude erfüllte. Sobald die beiden gegangen waren, verschränkte Mrs. Mulberry ihre Hände ineinander und seufzte schwer.

„Wie schön. Ich habe gleich gewusst, dass ihr

beide füreinander bestimmt seid, als ich gesehen habe, wie Sie aus der Kutsche gestiegen sind. Kommen Sie doch herein, meine Liebe. Wir genehmigen uns ein paar Kekse zum Tee."

Hatte Mrs. Mulberry die Briefe geschrieben? Eigentlich glaubte Lucy das nicht, aber ihre Worte deuteten es an. Schließlich hatte Trey sie nicht an der Kutsche in Empfang genommen. Aber sie wurde das Gefühl nicht los, dass die Briefe von einem Mann geschrieben worden waren. Andererseits waren Männer nicht gerade als großartige Briefeschreiber bekannt, sodass es vielleicht doch nicht auszuschließen war, dass sie sich irrte. *Vielleicht hatte Mrs. Mulberry gemeint, dass sie es gewusst hatte, nachdem sie sie und Trey zusammen gesehen hatte?*

„Besitzen Sie ein dem Anlass angemessenes Kleid?"

„Ich habe ein neues Kleid, dass ich selbst genäht habe."

„Wunderbar. Dann bringen Sie es doch morgen mit, wenn Sie zurückkommen und ich werde dafür sorgen, dass es am Samstagmorgen frisch und faltenfrei für die Hochzeit bereitliegt. Essie Jane wird am Samstag kommen und sich um Ihre Haare kümmern. Das kann sie wirklich gut. Sie werden unglaublich aussehen, wenn sie fertig ist. Der Sheriff wird umfallen, wenn Sie den Gang in der Kirche entlangschreiten."

Inzwischen hatte Lucy das Gefühl, dass ihr ihre Hochzeit völlig aus den Händen genommen worden war. Sie nickte und dachte an die Zukunft. Alles würde wunderbar sein. Sie fühlte sich so gesegnet.

Tief in ihrem Herzen hoffte sie, dass Trey sie vielleicht eines Tages lieben würde. Als er ihr von seiner ersten Frau erzählt hatte, da hatte sie sich danach gesehnt, dieselbe Liebe zu erfahren, die sie in seinen liebevollen Worten vernommen und in seinen Augen erblickt hatte. Sie betete, dass er sie mit der Zeit vielleicht wenigsten ein bisschen so lieben würde, wie er Beth geliebt hatte.

Am nächsten Morgen machte sich Trey auf den Weg, um Lucy abzuholen und sie zurück in sein Haus zu bringen. Er hatte die ganze Nacht an sie gedacht. Dasselbe hatte auch Janie getan. Sie war so aufgeregt und letztendlich sorgte dieser Umstand dafür, dass er alle Zweifel, die ihn heimgesucht hatten, überwand.

Diese Ehe würde eine Vernunftehe sein. Keine, die aus Liebe geschlossen wurde. Aber ihm war bewusst, dass er sich zu Lucy hingezogen fühlte. Er hatte überhaupt nicht in Betracht gezogen, noch einmal zu heiraten, nachdem er einmal geliebt hatte und seine Frau verloren hatte. Das wollte er nicht noch einmal durchmachen. Diese Vernunftehe kam ihm gerade recht. Sie machte Sinn.

Zu wissen, dass er Lucy damit die Möglichkeit nahm, aus Liebe zu heiraten, beschwor Schuldgefühle in ihm herauf. Doch ihr schien das nichts auszumachen und das war es schließlich, was zählte.

Am Morgen fuhr er zu Mrs. Mulberry, um Lucy abzuholen. Vorfreude durchfuhr ihn. „Hattest du einen schönen Abend?", erkundigte er sich, als er sie zu seiner Kutsche führte. Er konnte Mrs. Mulberrys Blick in seinem Rücken spüren; sie stand hinter einem Vorhang und beobachtete sie. Er streckte die Hand aus und half ihr, in die Kutsche zu klettern.

„Ja, den hatte ich. Wir hatten einen wundervollen Abend. Mrs. Mulberry ist eine entzückende Frau." Sie beugte sich zu ihm hinüber und flüsterte: „Sie redet sehr viel, aber nichtsdestotrotz ist sie ganz reizend."

Er lachte und dachte, dass sie bezaubernd war. „Ja, das tut sie, aber sie ist immer wunderbar zu Janie gewesen und ich stimme dir aus ganzem Herzen zu, dass sie eine reizende Frau ist." Als sie die Straße entlangfuhren, sprach er aus, was ihm durch den Kopf ging. „Ich frage mich, ob sie diese Briefe geschrieben haben könnte?"

„In der Tat habe ich mich bereits das Gleiche gefragt. Ich habe gehört, dass manchmal die Frauen in ihren jeweiligen Kirchengruppen solche Dinge arrangieren. Aber ich muss immer daran denken, dass ich den Eindruck hatte, ein Mann hätte die Briefe geschrieben. Fällt dir ein Mann ein, der sie geschrieben haben könnte?"

„Ein Mann? Mir fällt kein Mann ein, der etwas Derartiges tun würde."

Ein paar Minuten fuhren sie schweigend dahin,

während sie beide ihren eigenen Gedanken nachhingen.

„Hast du es dir anders überlegt?“

Ihre Frage erschreckte ihn. „Nein. Du?“ Angst durchfuhr ihn bei dem Gedanken daran, dass sie ihr Versprechen zurücknehmen würde. *Wie sollte er das nur Janie beibringen?*

„Nein, ich habe es mir nicht anders überlegt. Ich wollte nur sichergehen, dass du deine Meinung nicht geändert hast.“

„Wir würden Janie das Herz brechen, wenn wir jetzt einen Rückzieher machen würden.“

„Das werden wir nicht tun.“ Lucy lächelte und sein Herz zog sich zusammen, als er das Funkeln in ihren Augen bemerkte. „Das verspreche ich.“

Nachdem sie am Freitagabend gemeinsam zu Abend gegessen hatten, nahm Trey Lucy bei der Hand und versprach ihr, dass sie es gut haben würde. Dann brachte er sie zurück zu Mrs. Mulberry. Er sprang von der Kutsche und kam dann auf ihre Seite, um ihr beim

Aussteigen zu helfen. Er legte seine Hände um ihre Taille und hob sie zu Boden und Lucy spürte die Wärme seiner Hände am ganzen Körper. Anstatt sie loszulassen und mit ihr zur Haustür zu gehen, nahm er ihre Hand.

„Brauchst du noch irgendetwas? Ich lasse Mr. Sweet, den Kaufmann wissen, dass du auf meine Rechnung bei ihm einkaufen kannst. Also, wenn du etwas benötigst, dann kaufe es dir. Oder wenn du möchtest, dass ich etwas für dich besorge und es dir vor der Hochzeit bringe, dass lass es mich wissen."

„Danke", sagte sie atemlos und ihr Herz raste. „Ich denke, ich habe alles." Sie versuchte, ihn nicht anzustarren, aber sie war fasziniert von dem Mann, der bald ihr Ehemann sein würde.

Er nickte und führte sie dann den Weg zu Mrs. Mulberrys Eingangstür entlang. In einem Arm trug er die Schachtel, die sie mitgebracht hatte und die ihr Kleid enthielt und mit der anderen Hand hielt er noch immer ihre Hand. Ihr donnerte das Herz in der Brust und sie rief sich ins Gedächtnis, dass er sie nur aus dem einen Grund heiratete, dass er eine Mutter für seine Tochter wollte. Nicht weil er sich selbst eine Frau wünschte. Er hatte nicht mit ihr geschrieben. Nein, diese Hochzeit war eine reine Vernunftehe und ihre Hand hielt er nur, weil Trey eben ein wirklich netter Mann war.

Und dafür war sie dankbar.

Ihr Herz raste, als sie in seine ernsthaften Augen blickte und sich wünschte, da wäre mehr zwischen ihnen. Plötzlich sehnte sie sich nach seiner Liebe… hegte den Wunsch, diese Ehe würde aus Liebe geschlossen und nicht aus durch und durch praktischen Erwägungen. Als Trey seinen Kopf senkte und sie küsste, blieb ihr beinahe die Luft weg. Er küsste sie zärtlich, es war nur ein kurzer sanfter Kuss, doch als er zurücktrat, da verlangte jede Faser ihres Körpers nach mehr.

Er zog sich zurück, die Augenbrauen zusammengezogen, dann setzte er seinen Hut mit unschlüssigem Blick wieder auf. „Wir sehen uns morgen in der Kirche. Schlaf gut. Morgen wird ein langer Tag."

Dann drehte er sich um, verließ die Veranda und

stieg in die Kutsche. Er ahnte nicht, welchen Aufruhr sein Kuss in ihr ausgelöst hatte. Eine solche Sehnsucht hatte sie noch nie verspürt.

Sie berührte ihre Lippen mit den Fingerspitzen, als Schmetterlinge in ihrem Bauch umherflatterten. Morgen würde sie diesen Mann heiraten und ihr neues Leben würde offiziell beginnen.

Die Tür hinter ihr öffnete sich und sie zuckte zusammen.

„Was für ein schöner Kuss. Ich bin gerade gekommen, um Ihnen die Tür zu öffnen, als ich durch das Glas sah, wie ihr euch küsst. Oh, all die Erinnerungen an meinen Calvin kommen plötzlich zurück." Sie wedelte mit einer Hand vor ihrem Gesicht herum, so als wäre ihr heiß und tatsächlich waren ihre Wangen leicht gerötet. „Naja, wie auch immer, junge Liebe ist etwas so wundervolles."

„Aber er liebt mich gar nicht…"

Mrs. Mulberry warf ihr einen scharfen Blick zu. „Das wird er. Daran hege ich nicht den geringsten Zweifel. Jeder kann sehen, was für Blicke er Ihnen zuwirft. Er muss noch ein paar Dinge begreifen, aber seine Liebe wird wachsen."

Lucy folgte der älteren Frau und betete, dass das, was sie gesagt hatte, eintreffen würde.

Mrs. Mulberry führte sie in den Salon, wo Tee und Scones bereit lagen. Offensichtlich wollte die ältere Frau noch ein wenig mit ihr reden.

„Das alles ist so aufregend. Wir feiern mit meinen Kirsch-Scones und Tee."

Lucy brachte es nicht übers Herz, der begeisterten Mrs. Mulberry zu sagen, dass sie Treys Geste missverstanden hatte. Stattdessen ließ sie sich in den weichen, gepolsterten Sessel fallen, während Mrs. Mulberry fortfuhr, von der Hochzeit zu schwärmen. Die Scones schmeckten einfach wunderbar und die ältere Dame teilte ihr mit, dass sie und einige der Damen aus der Kirche Speisen für einen Empfang nach der Trauung zubereiten würden. „Ich liebe es einfach zu backen. Außerdem esse ich ungemein gern Süßes, was man an meinen Hüften sehen kann. Aber eine kleine Leckerei hier und da hat noch niemandem geschadet." Sie kicherte, als sie an ihrem Tee nippte und ein weiteres Mal beherzt in ihren Kirsch-Scone biss.

Lucy aß zwei und hätte auch noch einen dritten verdrücken können, wollte aber nicht unhöflich erscheinen. Wahrscheinlich würde sie morgen nach der Hochzeit zu aufgeregt sein, um auch nur an Essen zu denken. Der Gedanke an den Empfang rührte sie; die Damen hatten wirklich an alles gedacht.

Als sie aufgegessen hatten, gingen sie in Lucys Schlafzimmer, wo Mrs. Mulberry das Kleid aus seiner Schachtel nahm, es ausschüttelte und dann quer über das Bett drapierte.

„Es ist wunderschön", keuchte sie und betrachtete das blassblaue Kleid mit den kleinen Blüten, die am Ausschnitt und um die Taille herum aufgestickt waren. „Haben Sie es selbst so wundervoll verziert?"

„Das habe ich. Meine Mutter hat es mir beigebracht, als ich noch klein war. Bevor sie gestorben ist. Ich habe bei ihr auf dem Bett gesessen und sie hat mir die verschiedenen Stiche gezeigt."

Mrs. Mulberrys Augen wurden feucht. „Ihre Mutter hatte ein besonderes Talent, welches sie offensichtlich an Sie weitergegeben hat. Der kleinen

Janie wird es gefallen, das von Ihnen zu lernen.“

„Vielen Dank. Meine Mutter hätte es so gewollt.“

Uns so war es. Natürlich hätte ihre Mutter gewollt, dass sie aus Liebe heiratete, aber Lucy dachte, dass sie es trotzdem gutheißen würde, was sie tat. Einem Kind beizustehen, dass seine Mutter verloren hatte, war der nächstbeste Grund zu heiraten.

„Pa, wird Lucy heute wirklich meine Mama?“ Janie war in sein Zimmer gestürzt, noch bevor der Hahn gekräht hatte.

Trey rieb sich den Schlaf aus den Augen, während er sich in seinem Bett aufrichtete. Bis in die frühen Morgenstunden hinein hatte er nicht schlafen können und das er schließlich doch noch eingeschlafen war, war seiner Erschöpfung zu verdanken gewesen. Gerade fühlte er sich, als hätte ihn die Postkutsche überrollt und ihn anschließend durch die steinige Prärie geschleift. Seine Tochter hingegen strahlte ihn an wie ein Babykaninchen. „Ja, das wird sie“, sagte er trocken. „Wenn du mich nun aufstehen lässt, dann bereite ich uns Frühstück zu."

„Oh, Pa, ich kann es einfach nicht glauben. Ich habe so lange dafür gebetet, dass sie kommt und nun, wo sie hier ist, kommt es mir so vor, als wäre es zu gut, um wahr zu sein. Sie wird doch nicht wieder gehen, oder?"

Er neigte seinen Kopf und musterte sie. Dann zog er ihren kleinen Körper in seine Arme und umarmte sie fest. „Nein", sagte er in ihre Haare. „Das wird sie nicht." *Zumindest, wenn Gott es so will*, fügte er im Stillen hinzu. Er selbst mochte sich nicht noch einmal verlieben, aber er setzte seine Tochter der Gefahr aus, erneut verletzt zu werden. Doch er sah keine andere Möglichkeit, das Loch in ihrem kleinen Herzen zu heilen.

„Gut. Dann wird heute der beste Tag meines Lebens."

Er gluckste. „Dann stehen wir mal besser auf und bereiten uns darauf vor."

„Das wäre gut. Wir haben gestern bereits alles abgestaubt und gereinigt."

Er sah sich in dem Abstellraum um, den er zurzeit

als sein Schlafzimmer nutzte und erkannte, dass er und Lucy die Schlafsituation klären mussten. Das mochte aus praktischen Erwägungen geschehen, denn er besaß ein schönes, weiches, großes Bett und hoffte, dass sie ihm gestatten würde, es mit ihr zu teilen. Er würde es ihr überlassen zu entscheiden, ob und wann sie ihr Ehegelübde vollziehen würden. Da er sie heiraten würde, oblag es ihm, ihr ein Kind zu schenken, wenn sie das wollte. Sie war jung und er sah keinen Grund, warum er ihr das abschlagen sollte. Aber das würde er ihr überlassen.

Der Gedanke an diesen nächsten Schritt zog andere nach sich und er schob ihn rasch beiseite. Am besten war es wohl, sich jetzt auf seine Tochter zu konzentrieren. Wegen ihr tat er das alles schließlich.

Aus diesem einzigen Grund.

KAPITEL NEUN

Die Kapelle, in der die Hochzeit stattfinden würde, bestand aus weißen Schindeln und einer kleinen Veranda, die man über vier Stufen erreichte. Jemand hatte ein paar Sträuße mit Wildblumen mit Bändern zusammengebunden und am Geländer befestigt, doch es waren Trey und Janie, die Lucys Blicke auf sich zogen. Samuel fuhr sie, Mrs. Mulberry und Essie Jane zur Kapelle und als sie Trey erblickte, bemerkte sie Erstes, dass er seine dunkle Hose trug.

„Ich hoffe, Ihnen gefallen die kleinen Verschönerungen, die die Mädchen anlässlich der

Zeremonie vorgenommen haben." Essie Janes graues Haar, dass zu einem straffen Knoten gebunden war, ließ in keiner Weise ihr Geschick beim Frisieren erahnen. Lucy wusste, dass sie gut aussah. Ihr Haar war zur Seite gekämmt und fiel ihr zum Teil lose über die Schultern, während der größte Teil in einem doppelten Knoten gebändigt worden war. Noch nie hatte jemand ihren Haaren so viel Aufmerksamkeit geschenkt und sie kam sich vor wie eine Dame der höheren Gesellschaft.

Sobald die Kutsche zum Stillstand gekommen war, kletterten alle aus dem Wagen.

„Sie bleiben noch dort", wies Mrs. Mulberry sie an, „und lassen sich von Ihrem gutaussehenden zukünftigen Ehemann aus der Kutsche helfen."

Lucy konnte sich ohnehin nicht rühren, als sie beobachtete, wie Trey auf sie zukam, während die süße Janie ihm folgte. Er sah so attraktiv aus, dass es ihr den Atem verschlug. Er lächelte sie an und Hitze durchströmte sie und ihr Herz begann zu rasen, als sie an den Kuss dachte. Er trug keinen Hut und sie bemerkte, dass er sich die Haare hatte schneiden lassen. Kurz bedauerte sie das, denn sie hatte die Locken in seinem Nacken gemocht. Er lächelte sie erneut an und Janie sprang mit einem gewaltigen Grinsen im Gesicht an seine Seite.

„Guten Morgen. Du siehst wunderschön aus.“

Ihre Wangen brannten ob des Kompliments und sie überlegte fieberhaft, was sie darauf antworten sollte. „Danke“, war alles, was ihr einfiel. Dann legte sie ihre Hand in seine und spürte, wie Wärme sie bis in die Zehenspitzen durchfuhr.

„Ich bin so aufgeregt, dass ich platzen könnte“, rief Janie und hüpfte von einem Fuß auf den anderen. „Und Pa hat recht. Du siehst wirklich wunderschön aus. Ich liebe deine Frisur.“

Für einen Moment hatte sie gar nicht mehr an ihre Haare gedacht. Atemlos fragte sie sich, ob Trey wohl mochte, was er sah. Nicht, dass er sie häufig so sehen würde, denn sie bezweifelte, dass Miss Essie Jane jeden Morgen herüberkommen wollte, um ihr die Haare zu machen.

„Ich freue mich, dass es dir gefällt. Miss Essie Jane hat das gemacht. Sie ist sehr talentiert, nicht wahr?“

„Auf jeden Fall. Ich hätte auch gern eine solche Frisur.“

„Oh Schätzchen“, sagte die ältere Dame, „das können wir sicher eines Tages tun. Dann komme ich zu euch und wir spielen den ganzen Tag. Oder vielleicht möchtest du ja heute Abend zu mir oder Ambrosia kommen, dann könnte ich dir die Haare machen. Was für ein perfekter Plan für diesen Abend. Finden Sie nicht auch, Sheriff?“

Janie runzelte die Stirn. „Wer ist Ambrosia?“

Essie Jane kicherte. „Mrs. Mulberry, Liebes. Ich wollte dich nicht verwirren.“

„Wie nett“, sagte Janie und wiederholte *Ambrosia*. „Können wir das so machen, Pa?“

„Wir werden sehen“, murmelte Trey ohne den Blick von Lucy abzuwenden, während hinter ihm das Gespräch stattfand.

Lucys Mund war staubtrocken, als er sich nun zu ihr streckte, sie aus der Kutsche hob und sie dann langsam auf die Füße stellte. Ihr Herz donnerte und ihre Knie fühlten sich sonderbar weich an. Dann lächelte er und bot ihr seinen Arm an.

„Jetzt werden wir erst einmal heiraten. Bist du bereit dafür, Janie?"

„Oh ja, bin ich…" Janie wirbelte herum und sprang auf die Kirche zu und die älteren Damen liefen hinter ihr her den Pfad entlang.

„Sollen wir?", fragte er Lucy.

„Ja", sagte sie leise und ließ ihre Hand in seine Armbeuge gleiten, als Schmetterlinge in ihrem Bauch zu flattern begannen.

Der Pfarrer Jarred Andrews war etwa in Treys Alter und außerordentlich gutaussehend. Lucy hatte nicht erwartet, hier im Westen einen jungen Pfarrer anzutreffen. Aber was wusste sie schon über Kirchenmänner oder den Westen.

Er nahm ihre Hand. „Es ist schön, Sie kennenzulernen, Lucy. Wir freuen uns, dass Sie nun ein Mitglied unserer Gemeinde sind. Wir alle schätzen Ihren zukünftigen Ehemann und Janie sehr. Sie brauchen Sie."

Sie wusste, dass seine Worte der Wahrheit entsprachen, aber ihr war auch klar, dass auch sie die beiden brauchte…

Ein paar Minuten später standen sie vorn in der Kapelle und zu ihrer Überraschung waren bereits einige Leute im Inneren versammelt. Lucy entdeckte Big John und Chester Sweet und weitere Ladenbesitzer.

Und es strömten noch mehr Menschen herein, als sie ihre Plätze vorn beim Pfarrer einnahmen.

Pfarrer Andrews erklärte sie zu Mann und Frau und alle erhoben sich und klatschten.

„Ach, wie wunderbar", rief Mrs. Mulberry aus und bat die Anwesenden um ihre Aufmerksamkeit. „Im Gemeindesaal gibt es Kuchen und Scones."

"Scones! Der Tag wird immer besser", sagte Chester zu Big John. „Es sollten mehr von diesen Hochzeiten stattfinden, wenn das die Frauen dazu bringt, all diese Köstlichkeiten zu backen. Ich habe meinen Laden, aber seit Lois nicht mehr unter uns weilt, macht mir niemand mehr Scones."

Big John grinste. „Nun, Chester, wie ich dir schon

häufiger gesagt habe, ist deine Lois bereits seit fünf Jahren tot. Sie hätte sicher nichts dagegen einzuwenden, wenn du wieder heiraten würdest. Es ist nicht auszuschließen, dass du steinalt wirst; das ist noch eine furchtbar lange Zeit ohne eine Partnerin an deiner Seite."

Chester starrte ihn an. „Ich sagte, ich vermisse Scones. Ich habe nicht gesagt, dass ich wieder heiraten möchte. Und selbst wenn, wen sollte ich denn heiraten? Außerdem, schau dich an, du bist auch alleinstehend. Vielleicht solltest auch du dir eine Frau suchen."

Das wollte Big John nicht in den Kopf. „Ich backe mir Scones, wenn ich Lust auf welche habe."

„Nun, du könntest deine ja von Zeit zu Zeit mit mir teilen. Oder wir finden einen Weg, noch mehr von diesen Versandbräuten in die Stadt zu holen, damit es häufiger Anlässe zum Backen gibt."

Mrs. Mulberry kam vorbei und hörte Chesters letzte Worte. „Vielleicht sollten Sie ab und zu mal zu unseren Kirchentreffen kommen, dann würden Sie auch ein paar Scones bekommen."

Chester runzelte die Stirn. „Haben Sie jemals in Erwägung gezogen, Ihre Scones in meinem Geschäft zu verkaufen?"

Beinahe hätte Big John laut aufgelacht, als er sah, wie Mrs. Mulberry Chester anblickte. „Nein, das habe ich nicht. Aber wenn Sie meinen, dass die Leute sie kaufen würden, dann könnte ich ja mal darüber nachdenken. Oder machen Sie das nur, um mich dazu zu bringen, Ihnen Scones zu backen?"

Chester rieb sich das Kinn und blickte sie an. „Nun ja, jetzt wo Sie es erwähnen, vielleicht wäre es eine lohnende Übereinkunft für uns beide."

Big John beobachtete, wie die beiden einander stirnrunzelnd ansahen. Schließlich hob Mrs. Mulberry das Kinn und sah Chester über ihre Nasenspitze hinweg an. „Ich werde es mir überlegen. Aber nun gehen wir besser hinein und feiern diese Hochzeit. Ich bin so glücklich für Trey, Janie und Lucy. Ich weiß zwar nicht, wer nach ihr geschickt hat, aber es hat sich alles so wundervoll gefügt."

Big John folgte ihr in den kleinen Raum neben der Kirche. Essie Jane war bereits dabei, Punsch und

Süßspeisen zu verteilen. Chester wäre beinahe losgelaufen, um einen guten Platz in der Schlange zu ergattern. Big John kam nicht umhin, einen gewissen Stolz zu empfinden, als er Trey und Janie dabei zusah, wie sie an ihrem Punsch nippten und Scones aßen. Lucy aß nichts, aber er nahm an, dass das daran lag, dass das arme Mädchen nervös war. Auch wenn man ihr das nicht ansah. Stattdessen sah sie glücklich aus.

Er ging zu ihr hinüber. „Herzlichen Glückwunsch zu Ihrer Hochzeit. Als Sie vor ein paar Tagen aus der Postkutsche gestiegen sind, da haben Sie wie ein verängstigtes kleines Mädchen ausgesehen. Doch heute sehen Sie aus, als hätten Sie überhaupt keine Angst."

„Ich habe auch keine Angst. Aber ich bin aufgeregt. In der Postkutsche hatte ich Angst, weil ich nicht wusste, was mich erwartete. Und als ich dann herausfand, dass Trey gar nicht nach mir geschickt hatte, war das recht nervenaufreibend. Doch jetzt, wo ich die Gelegenheit hatte, ihn kennenzulernen, habe ich festgestellt, was für ein guter Mann er ist… um ehrlich zu sein, ich weiß, dass ich nichts zu befürchten habe.

Ich kann mich glücklich schätzen, dass sich die Dinge so gut für mich entwickelt haben." Und dann ist da noch Janie. Ich bin völlig vernarrt in sie."

Big John hätte sie gern noch gefragt, ob sie Trey liebte, doch dann fiel ihm ein, dass er sich selbst geschworen hatte, sich aus den Angelegenheiten der Leute herauszuhalten, als er all das in die Wege geleitet hatte. Wenn er zu viele Fragen stellte oder allzu interessiert erschien, könnte jemand vermuten, dass er hinter dem Ganzen steckte. Wenn er weiterhin Frauen in die Stadt bringen wollte, dann musste er sein Tun geheim halten. Und um die Wahrheit zu sagen, hatte er sein nächstes Ziel bereits ins Auge gefasst: Pfarrer Jarred. Erst vor kurzem hatte er den netten Brief einer sympathischen jungen Frau beantwortet, von der er glaubte, sie könne gut zu dem Pfarrer passen. Ihm war nicht entgangen, wie er sich unermüdlich um jeden Einwohner dieser Stadt kümmerte und häufig rund um die Uhr arbeitete. Er besuchte Kranke und Neugeborene und half manchmal sogar auf den Feldern mit, wenn jemand zu schwach war, um sich selbst um die anfallende Arbeit zu kümmern. Er war ein guter Mann, der jedem, der es brauchte, sein letztes Hemd gegeben hätte. Und Big John war der Meinung, dass Pfarrer Andrews nun selbst ein Zuhause und eine Frau gebrauchen könnte.

Doch vorerst beobachtete er Trey dabei, wie der voller Erstaunen seine frisch angetraute Frau ansah. Als könne der Sheriff kaum glauben, dass er tatsächlich verheiratet war. Die nächsten paar Monate würden interessant werden, wenn sich die beiden ans Eheleben gewöhnten. Und aneinander. Und wenn Big Johns Gebete erhört würden, dann würde Liebe diese Ehe krönen und sie zur perfekten Verbindung machen.

Nur der Herr im Himmel konnte dafür sorgen, dass dies geschah.

KAPITEL ZEHN

Etwa eine Stunde später lehnte sich Trey zu ihr herüber. „Es tut mir leid, aber ich befürchte, wir werden uns demnächst zurückziehen müssen. Ich muss wieder an die Arbeit und meine Runde drehen.“

„Das ist vollkommen in Ordnung“, flüsterte Lucy beinahe etwas zu schnell. Sie fühlte sich beobachtet und obwohl alle nett zu ihr waren, wollte auch sie sich zurückziehen. Es gab noch so vieles, was sie nicht wusste. Dinge mussten erledigt werden.

Als sie aufschaute, lächelten Essie Jane und Mrs. Mulberry breit.

„Liebe Gäste", rief Mrs. Mulberry, als hätte sie ihr Stichwort vernommen. „Es ist an der Zeit, unserem Brautpaar eine gute Nacht zu wünschen." Essie Jane zog sie mit ihren dünnen Armen in eine gigantische Umarmung und sah sie ernst an. „Ich wünsche dir eine wundervolle Nacht, meine Liebe. Ich und Mrs. Mulberry werden uns um Janie kümmern. Machen Sie sich um sie keine Sorgen. Ich wünsche Ihnen und dem gutaussehenden Sheriff eine wunderbare Hochzeitsnacht."

Mrs. Mulberrys Wangen glänzten rosig. „Ja, Janie kommt mit uns und ihr zwei Turteltauben habt das ganze Haus für euch allein."

Beschämt richtete Lucy ihren Blick auf Trey und spürte, wie sie von Kopf bis Fuß errötete. Diese Ehe bestand für den Moment oder vielleicht auch für immer nur auf dem Papier. War nur eine Verpflichtung. Nicht mit allem, was sonst zu einer Ehe gehörte. Und dass nun jeder in der Stadt annahm, sie würden… Trey sah beinahe so entsetzt aus, wie sie sich fühlte. Und das kränkte sie dann doch etwas. Er sah Mrs. Mulberry an. Als sich die anderen um sie scharten, beugte er sich zu den beiden Damen. „Vielen Dank die Damen, aber wir werden Janie mit nach Hause nehmen." Die beiden älteren Damen sahen ebenso entsetzt aus wie sie sich fühlte, aber aus einem anderen Grund.

„Aber was ist mit den Ehepflichten?", flüsterte Mrs. Mulberry ihm zu. Trey verschluckte sich beinahe an dem Punsch, den er soeben trinken wollte. „Wir kommen gut allein zurecht", sagte er entschieden. Dann stellte er sein Glas ab. „Danke, meine Damen, für alles, was Sie getan haben, aber wir werden jetzt gehen." Und damit nahm er ihren Ellbogen und begleitete sie zum Ausgang, von wo aus er nach Janie rief, die in einer Ecke nahe dem Kuchen und den Scones mit einer Freundin gespielt hatte. „Janie, es ist an der Zeit zu gehen."

Janie rannte mit wehenden Haaren auf sie zu. „Ich kann es kaum glauben, dass ich nun mit meiner Mama und meinem Pa gemeinsam nach Hause gehen werde. Ich hätte nicht gedacht, dass ich diese zwei Worte jemals in einem Satz verwenden würde."

Lucys sah sie glücklich an. „Ich freue mich so sehr

darüber, nun deine Mama zu sein. Gehen wir nach Hause. Ich werde dir eine Gutenachtgeschichte vorlesen."

Die Freude auf Janies Gesicht reichte ihr. Zumindest hoffte sie das. Fürs Erste musste es das…

In den nächsten Tagen war eine Menge zu tun. Trey verbrachte die Nächte weiterhin im Lagerraum. Lucy und Janie hielten tagsüber das Haus in Ordnung, während er arbeiten ging. Sie nähten Kissen aus einem Stoff, den sie beim Kaufmann gemeinsam ausgesucht hatten. Den Stuhl zierte nun ein Kissen und eine bunte Tischdecke lag auf dem Tisch. Außerdem hatten sie eine schöne kleine Vase erstanden, die sie in die Mitte des Tisches gestellt und mit Wildblumen befüllt hatten. „Oh, wie schön", krähte Janie und klatschte erfreut in die Hände. „Im nächsten Jahr werden wir Blumen anpflanzen, dann können wir unsere eigenen Blumen auf den Tisch stellen." Die Aussicht darauf zauberte ein weiteres Lächeln auf Janies Gesicht, ein Anblick, von dem Lucy nicht genug bekommen konnte.

„Ich kann es kaum abwarten", stieß sie hervor.

Die arbeitsreichen Tage gingen dahin und Lucy war glücklich über ihr eigenes Zuhause mit ihrem gutaussehenden Ehemann und einem entzückenden Kind. Doch abends, wenn Trey wieder daheim war, war er nun ruhiger als zuvor. Sie aßen gemeinsam zu Abend und anschließend verließ er das Haus wieder, um seine Runden zu drehen, während sie Janie ins Bett brachte. Es ließ sich nicht leugnen, dass die Situation angespannt war. Er war immer höflich, schien sich in ihrer Gegenwart aber zunehmend unwohler zu fühlen. Immer häufiger ertappte sie sich dabei, dass sie ihn anstarrte, bemühte sich aber darum, ihre Blicke zu verbergen. Sie wollte nicht, dass er ihre Blicke bemerkte, fragte sich aber, ob er wohl jemals mit ihr das Schlafzimmer teilen würde. Dieser Gedanke sorgte dafür, dass sie sich benommen fühlte. Sie waren bereits seit etwas über einer Woche verheiratet, als sie eines Abends auf ihn wartete, nachdem sie Janie ins Bett gebracht hatte. Sie entdeckte ihn draußen sitzend und bemerkte, dass er in den Himmel starrte. Er hörte sie nach draußen kommen und drehte sich zu ihr um.

Selbst in der Dunkelheit spürte sie, wie er sie musterte. Sie hatte ihr Haar bereits gelöst, sich aber noch nicht für die Nacht umgezogen. Sie wusste nicht genau, was sie sagen sollte, hasste aber den Gedanken, dass er jede Nacht auf einer Pritsche im Lagerraum schlief. Und Janie hatte sie gefragt, ob Mamas und Pas sich nicht das Zimmer teilten. Sie hatte außerdem wissen wollen, wann sie denn ein Schwesterchen oder Brüderchen bekäme.

Angespannt sah Trey Lucy an, bemerkte ihr gelöstes Haar. Er spürte, wie sich ein Knoten in seinem Magen bildete und sich seine Stirn in Falten legte. Seit der Hochzeit fiel es ihm immer schwerer, in Lucys Nähe zu sein. Fakt war, dass sie aus seinem Haus ein Zuhause gemacht hatte. Seine Tochter lächelte immerzu und wenn er erwachte, dann hatte seine junge Frau ihm bereits ein Frühstück bereitet und lächelte ihn strahlend an.

Mit jedem Tag, der verging, erschien ihm seine Bettrolle karger und seine Stimmung gereizter.

Nun stand sie hier im Mondschein vor ihm und ihre großen blauen Augen glänzten im schwachen Licht der Nacht und sorgten dafür, dass er sie mit jeder Faser seines Körpers in den Armen halten wollte.

„Es ist eine schöne Nacht", sagte sie. „Stört es dich, wenn ich mich zu dir setze?"

Sein Gesicht entspannte sich etwas. „Nein. Ist alles in Ordnung?"

Sie sank auf die Bank neben ihm und lächelte ihn schüchtern an. „Es ist alles ihn Ordnung. Wie… ähm, wie geht es dir?"

„Gut", sagte er mit plötzlich ganz trockenem Hals.

Im Mondschein sah er, dass sich ihre kleinen Brüste hoben und senkten, als sie rasch ein und ausatmete. Er wandte den Blick ab und versuchte, an die Fahndungsplakate hässlicher Gauner zu denken – und nicht daran, wie schön seine Frau war.

„Deine Runden scheinen viel Zeit in Anspruch zu nehmen."

„Ich sorge nur dafür, dass die Stadt sicher ist", sagte er.

„Ja, natürlich. Ich habe mich nur gefragt, ob du schon immer abends so lange unterwegs warst. Oder ob du es herauszögerst, nach Hause zurückzukehren?

Ihre Frage erstaunte ihn. Traf aber ins Schwarze. „Warum sollte ich das tun?"

Sie sah ihn an und er glaubte erkennen zu können, dass ihre Augenwinkel feucht wurden. Schuldgefühle überkamen ihn, doch er schob sie beiseite.

„Mich plagt der Gedanke, dass du auf diesem armseligen Lager schläfst. Ich fühle mich schuldig, weil ich in deinem Bett schlafe. Es ist ein großes Bett. Du…, nun, du könntest auch darin schlafen."

Er biss sich auf die Zunge. „Ähm, ich bin mir nicht sicher, ob das eine gute Idee ist."

„Oh", sagte sie.

Sie saßen schweigend nebeneinander und er sagte sich, dass er etwas erwidern sollte. Doch das konnte er nicht. Denn trotz der Versuchung, die er verspürte, wurde er den Gedanken nicht los, dass es nicht richtig wäre, mit seiner Braut zu schlafen, wenn er sie nicht liebte. Und sein Herz gehörte immer noch Beth…

Nach einem Moment stand Lucy auf. „Ich werde zu Bett gehen. Gute Nacht."

„Lucy", sagte er und sie blieb einige Meter entfernt stehen. Er kämpfte mit sich selbst. „Schlaf gut."

Sie starrte ihn einen Moment lang an und ging dann, ohne etwas zu sagen, hinein.

Voller Schuldgefühle sah er ihr nach.

Am nächsten Tag zwang sich Lucy um Janies willen dazu, gute Laune vorzutäuschen und zu lächeln. Auch am nächsten Tag tat sie das. An beiden Tagen verließ Trey das Haus, noch ehe sie aufgestanden war und kehrte erst zurück, wenn sie bereits in ihrem Zimmer war und allein in dem großen Bett lag.

Sie war tiefbetrübt und verletzt und wusste nicht, was sie tun sollte. Sie hatte sich in ihren Mann verliebt und erkannte nun, dass er sie nicht lieben konnte. Sein Herz gehörte Beth und würde es immer tun. Sie selbst erinnerte ihn nur an das, was er verloren hatte. Nacht um Nacht hatte sie die Situation von allen Seiten betrachtet und war nun überzeugt davon, dass genau das der Fall war.

Und sie wusste nicht, was sie dagegen tun sollte. *Wie sollte sie gegen eine geliebte Erinnerung ankommen?*

KAPITEL ELF

S eit zwei Wochen waren sie nun verheiratet und Trey stapfte schlechtgelaunt den Gehsteig entlang und jeder, der schlau genug war, ging ihm aus dem Weg. Samuel hatte begonnen, ihn zu meiden, im Büro ging er ihm aus dem Weg und er übernahm freiwillig die Tagesrunden, um von Trey wegzukommen.

Trey wusste, dass etwas geschehen musste. Er dachte an Lucy, wenn er zu Bett ging und er dachte an sie, wenn er wieder aufwachte und das brachte ihn um den Verstand.

Die Tatsache, dass er sie begehrte, machte es auch

nicht besser. Es hatte die Situation nur noch verschlimmert. Seit dem Abend, an dem sie zu ihm nach draußen gekommen war und ihn eingeladen hatte, das Bett mit ihr zu teilen und er abgelehnt hatte, sah er immerzu ihren verletzten Blick vor seinem inneren Auge. Er hatte ihr wehgetan und wusste nicht, wie er das beheben sollte.

Ein Betrunkener stolperte aus dem Salon und taumelte auf die Straße. Dann fiel er mit dem Gesicht zuerst in eine Mischung aus Dreck und Pferdemist. Trey ging auf die Straße und riss den Mann am Kragen hoch.

„Was… was machnsedenn", murmelte der Betrunkene.

„Ich sorge dafür, dass Sie nicht in Pferdescheiße ersticken. Oder im Dunkeln von einer Kutsche überfahren werden. Andererseits, so betrunken wie Sie sind, würden Sie es wahrscheinlich nicht einmal bemerken, wenn Sie plötzlich stürben", knurrte Trey, während er den Mann praktisch zu einem mit verschiedenen Vorräten vollgestellten Stand schleppte und dort zu Boden sinken ließ. Hier konnte er seinen

Rausch ausschlafen. Es würde Milton recht geschehen, wenn er am nächsten Morgen zum Himmel stinkend aufwachen würde.

Milton schien das nicht einmal zu bemerken; er hatte sich bereits herumgedreht und begann, von seiner einzig wahren Liebe zu singen. Er grinste zu Trey empor.

Trey schüttelte den Kopf und ging weiter die Straße entlang. Manchmal erforderte es sein Job, dass er sich die Hände schmutzig machte.

Er überquerte die Straße und überprüfte die Türen des Gemischtwarenladens und ging dann weiter in Richtung Kirche. Anschließend würde er nach Hause gehen. Sein Magen knurrte und er dachte an die köstliche Mahlzeit, die Lucy auch heute Abend sicher wieder gekocht hatte. An den letzten beiden Abenden hatte sie Essen für ihn auf dem Ofen stehen lassen und er hatte es dort leise verzehrt, als er endlich nach Hause gegangen war. Er dachte daran, wie sie in seinem Bett lag und wie es wohl wäre, ihre süßen Lippen zu küssen – Gedanken, die ihm auch nicht weiterhalfen.

Nachdem er die Kirche überprüft und sich versichert hatte, dass keine Betrunkenen auf der Treppe ihren Rausch ausschliefen, ging er zurück. Wie jeden Abend kam er auf dem Rückweg am Haus des Pfarrers vorbei. Er verlangsamte seine Schritte, als er den Pfarrer erblickte, der an einen Pfosten gelehnt dastand und in die Sterne starrte.

„Pfarrer", sagte er. Er traf Jarred häufig so an, insbesondere in den Nächten vor dem Sonntagsgottesdienst. „Überdenken Sie noch einmal Ihre Predigt für den morgigen Gottesdienst?"

„Auch das. Aber eigentlich will ich nur der Stille meines Hauses entkommen. Manchmal habe ich das Gefühl, die Wände würden mich erdrücken. Was ist mit Ihnen – sind Sie auf dem Heimweg zu Ihrer hübschen Frau?"

Trey näherte sich dem Zaun. Er hatte nie einen Gedanken daran verschwendet, dass der Pfarrer womöglich einsam sein könnte und wenn er sich nicht selbst so schlecht gefühlt hätte, dann hätte ihm der andere Mann leidgetan.

„Einsam bin ich nicht", brummte er stattdessen

und war mit einem Mal noch gereizter. „Die Wahrheit ist, Pfarrer, ich drücke mich in der Gegend herum und habe es nicht eilig, nach Hause zu kommen, weil…" Er machte eine Pause, als ihm klar wurde, was er im Begriff war preiszugeben.

„Ah, haben Sie und Ihre Frau Probleme? Wollen Sie darüber reden?"

„Es scheint mir nicht richtig zu sein, darüber zu reden. Aber ich tue mich schwer."

„Aus welchem Grund?"

„Weil ich auf einem harten Feldbett im Lagerraum schlafe und das langsam recht ungemütlich wird. Vor allem, weil ich jeden Abend ins Bett gehe, nachdem ich… ihr hübsches Gesicht gesehen habe."

„Einem Feldbett?" Jarred stieß sich vom Pfosten des Vordaches ab. Im schwachen Licht der Lampe, das durch das einzige Fenster im Haus kam, konnte Trey den Unglauben im Gesicht des Mannes sehen. „Warum schlafen Sie denn auf einem Feldbett?"

„So hat alles angefangen. Ich habe Lucy geheiratet, damit Janie eine Mama hat, nicht damit jemand das Bett mit mir teilt. Aber es wird von Abend zu Abend schwieriger, mich in den Lagerraum zurückzuziehen.“

„Dann gehen Sie doch zu ihr ins Schlafzimmer. Ihr zwei seid verheiratet und genau das tun verheiratete Leute, wie Sie wissen.“

„Ja ich weiß. Aber so einfach ist das nicht. Ich liebe sie nicht und nun ja, es fühlt sich nicht richtig an, die Ehe zu vollziehen, wenn ich das nicht tue.“

„Nun, vielleicht sollten Sie sie umwerben?“

„Umwerben?“ Sie ist meine Frau – und außerdem möchte ich mich gar nicht erneut verlieben. Ich will nur, dass es Janie gutgeht. Sie braucht eine Mutter und aus diesem Grund habe ich Lucy geheiratet und nun habe ich das ganze Schlamassel. Ich denke, ich brauche einen gehörigen Tritt in den Hintern.“

Jarred rieb sich den Kiefer. „Mir scheint, Sie denken zwar an Janie und an sich selbst, vernachlässigen aber einen Teil des Ehegelübdes, das Sie ihr gegeben haben.“

Trey erstarrte, sein Inneres hatte sich zu einem einzigen riesigen Knoten zusammengezogen. „Und welcher wäre das?“ Er hatte den Eindruck, dass ihm nicht gefallen würde, was der Pfarrer zu sagen hatte.

„Sie missachten den Teil, in dem Sie versprochen haben, wie Sie ihre Braut behandeln werden. Lucy. Sie zählt auch und das wissen Sie. Sie ist jung und gesund. Erwarten Sie im Ernst, dass sie Janie eine Mutter ist, putzt und kocht und niemals etwas im Gegenzug dafür bekommt?"

Trey stöhnte, er mochte wirklich nicht, was er da hörte. „Was zum Beispiel?", fragte er vorsichtig.

„Zum Beispiel das Geschenk, geliebt zu werden. Oder zumindest den Segen, ein eigenes Kind in den Armen zu wiegen. Sich geliebt und geschätzt zu fühlen."

Er runzelte die Stirn im schwachen Licht. „Das hilft mir nicht."

Jarred lachte. „Ich erinnere Sie nur an Ihre Verantwortung und die Gelübde, die Sie vor Gott geleistet haben. Und ich weiß, dass Sie Beth von ganzem Herzen geliebt haben. Aber sie würde wollen, dass Sie wieder glücklich sind. Ich habe schon so manches Mal mit Leuten zu tun gehabt, die sich schuldig fühlten, weil sie sich erneut verliebt hatten, nachdem ihr Partner gestorben war. Das ist eine ganz normale Reaktion. Aber ich habe verstanden, dass das menschliche Herz etwas Wundersames ist und Gott es mit unendlicher Liebesfähigkeit ausgestattet hat. Ist es vielleicht das, was Ihnen zu schaffen macht?"

Trey konnte nicht antworten. Er fühlte sich schuldig. Er hatte nie in Betracht gezogen, sich erneut zu verlieben. Er liebte Beth von ganzem Herzen. Sie war nun schon so lange tot, dass es ihm manchmal so vorkam, als wäre das Leben mit ihr nur ein Traum gewesen. Und am Schlimmsten war, das es ihm mit jedem Jahr, das verstrich, schwerer fiel, sich an all die besonderen Momente zu erinnern, die sie gemeinsam erlebt hatten und die Erinnerung an ihre Liebe immer mehr verblasste. Er hasste das. Es verstärkte noch seine Schuldgefühle, wenn er nachts im Bett lag und an Lucy dachte.

Und nun erinnerte ihn der Pfarrer auch noch daran, dass er ihr etwas versprochen hatte. Er hatte vor Gott geschworen, sie zu lieben und zu ehren.

Sein Mund wurde trocken, während er Jarred anstarrte. „Ich muss wohl ein paar Dinge ändern. Ich habe bei all dem gar nicht an Lucy gedacht. Nur an mich selbst, an Janie… und an Beth."

„Es scheint so zu sein, dass jemand eine Versandbraut für Sie bestellt hat und Sie eine sehr gute bekommen haben. Das ist nicht selbstverständlich. Ich werde für Sie beten."

„Vielen Dank. Und wo wir schon mal beim Thema sind, Sie kommen mir auch wie ein Mann vor, der eine Frau gebrauchen könnte. Warum verbringen Sie immer so viel Zeit hier draußen, wo Sie in den Himmel starren… suchen Sie selbst auch nach Antworten? Vielleicht sollte für Sie auch mal jemand eine Versandbraut bestellen."

Jarred lachte. „Sie können mir glauben, daran habe ich auch schon gedacht. Aber ich weiß nicht, was die Leute dazu sagen würden, wenn der Pfarrer sich eine Braut kommen lassen würde. Ich denke, ich werde mein Liebesleben Gott überlassen. Wenn die Zeit reif ist, wird er schon dafür sorgen, dass ich die richtige Frau kennenlerne."

Trey zuckte mit den Achseln und ging nach Hause. Er dachte, dass Gott schon auf merkwürdige

Weise wirkte und vielleicht bediente er sich ja auch eines mysteriösen Kupplers, um gute Frauen in die Leben von Männern zu bringen.

Ihm war das schließlich passiert. Jetzt musste er nur noch herausfinden, wie er die Situation klären konnte.

Lucy war schon fast eingeschlafen, als sie hörte, wie Trey das Haus durch den Hintereingang betrat und in den kleinen Lagerraum ging. Sie stand auf und ging durch das Wohnzimmer in die Küche. Dann holte sie tief Luft und klopfte mutig an seine Tür.

Überraschung zeigte sich auf seinem attraktiven Gesicht, als er die Tür öffnete. „Lucy, du bist immer noch wach?"

Er hatte sein Hemd ausgezogen und den Waffengürtel von den schlanken Hüften gelöst. Sie schnappte nach Luft und betete um Stärke. Ihr Mund wurde trocken. Sein Anblick machte es nicht gerade leichter. Atemlos zwang sie sich zu sprechen. „Ja, ich bin noch wach. Ich habe auf dich gewartet. Ich wollte dich wissen lassen, dass es so nicht weitergehen kann. Ich fühle mich schrecklich, weil ich in deinem Bett schlafe, während du auf dem Feldbett nächtigst."

Er runzelte die Stirn. „Würden wir auf einer Ranch leben, dann würde ich wahrscheinlich in der Scheune schlafen."

„Wirklich?"

„Ja, wirklich."

Sie seufzte. Er hatte ihr Argument entschärft. Sie dachte darüber nach und zwang sich dann dazu, weiter zu sprechen. „Die Wahrheit ist, ich habe mich gefragt, ob diese Vernunftehe funktionieren wird. Janie fragt bereits nach unserer Schlafsituation, weil sie sich von der ihrer Freunde unterscheidet." Sie spürte die Hitze auf ihren Wangen, besonders als sie den verwirrten Gesichtsausdruck ihres Mannes bemerkte. Sie hatte nicht erwartet, dass er so aussehen würde, als hätte er nicht die geringste Ahnung, wovon sie sprach. „Okay, vergiss es. Ich gehe ins Bett." Sie wandte sich ab und entfernte sich von ihm, ohne zu sehen, wohin sie ging. Gefühle, die sie nicht verstand, tobten in ihr und Tränen vernebelten ihren Blick. *Wie hatte sie nur glauben können, dass das alles funktionieren würde?* Die Erkenntnis, dass sie begonnen hatte, sich nach den starken Armen ihres Mannes zu sehnen, war überwältigend. Sie stellte ihre Vernunft in Frage; wie hatte sie sich nur dazu entscheiden können, aus freien Stücken einen Mann zu heiraten, der nicht die Absicht hatte, sie jemals zu lieben.

Sie war erst ein paar Schritte weit gekommen, als er ihren Namen rief und vor sie trat, um sie daran zu hindern, durch die Küche in ihr Zimmer zu laufen.

„Lucy." Er griff nach ihrem Arm. „Schau mich an", sagte er, als sie weiterhin zu Boden sah.

Sie wollte verhindern, dass er die Tränen in ihren Augen sah.

„Weinst du?", fragte er mit rauer Stimme, als er sanft einen Finger unter ihr Kinn legte und ihr Gesicht hob, damit er sie besser ansehen konnte.

„Nein", log sie. Sie schniefte und versuchte, die Tränen fortzublinzeln, hoffte, die Feuchtigkeit in ihren Augen würde verschwinden wie Tau im Sonnenschein. Und in sein schönes Gesicht zu schauen, war für sie wie sanfter Sonnenschein. Ihr Herz überschlug sich beinahe, als sie den zärtlichen Ausdruck darin bemerkte.

„Bitte weine nicht. Das war nie meine Absicht, als ich dich bat, mich zu heiraten und auf Janie aufzupassen. Offensichtlich habe ich dich in eine äußerst schwierige Situation gebracht. Eine, die ich nicht vollständig durchdacht habe."

„Mich?", fragte sie und sah in seine besorgten Augen. Ihr fiel auf, dass ihre Hand auf seinem Herzen lag und sie spürte, wie schnell es schlug, genauso wie ihr eigenes. Und dass seine Arme ihr Halt gaben. Sie sehnte sich danach, von ihm geküsst zu werden und unwillkürlich wanderte ihr Blick zu seinen Lippen. Als sie wieder zu ihm aufblickte, schien die Zeit stehenzubleiben. Ihr Atem stockte und sie konnte nicht anders, als sich dichter an ihn zu lehnen.

Augenblicklich verstärkte er seinen Griff; dann umgriffen sie seine Arme und zogen sie näher zu ihm. „Ja, dich", flüsterte er heiser. Dann senkte er zu ihrem Entzücken den Kopf und berührte mit seinen Lippen vorsichtig die ihren.

Ihr Herz raste und ihre Knie wurden schwach.

Dann vertiefte er den Kuss; er bedeckte ihren Mund mit seinem und ihre ganze Welt begann sich zu drehen, während Gefühle und eine Begierde, die sie noch nie erlebt hatte, sie durchfluteten.

Plötzlich zog er sich zurück, bestürzt sah er sie an. Er trat einen Schritt nach hinten, seine Arme lösten sich von ihr, sodass sie stolperte. Ihre Knie waren schwach, sodass sie ohne seinen Halt beinahe gefallen wäre. Zum Glück stand sie in der Nähe des Tisches und konnte sich mit einer Hand an der stabilen Tischplatte festhalten.

„Es tut mir leid", sagte er. „Ich – du solltest ins Bett gehen."

„Aber…"

„Jetzt", stieß er durch zusammengepresste Lippen hervor. Seine Stimme klang unnachgiebig und schroff. Er schritt an ihr vorbei durch den Vorratsraum und die Hintertür.

Atemlos und von dem Gefühl durchdrungen, dass ihre Welt gerade begonnen hatte sich zu drehen und nun abrupt zum Stillstand gekommen war, lief Lucy in ihr Zimmer und schloss die Tür hinter sich. Sie ließ sich auf das Bett fallen und weinte.

In was für eine Situation hatte sie sich da nur hineinmanövriert? Er wollte sie nicht. Sie hatte das Entsetzen in seinen Augen gesehen, die Verachtung. Sie hatte den Kuss als wunderschön empfunden, doch es war offensichtlich, dass es für ihn schrecklich gewesen war. Sie hatte in seinen Augen gesehen, dass sie nicht genug war und dass er plötzlich erkannt hatte, dass er sich zu einem Leben mit ihr verpflichtet hatte und ihn dieser Gedanke zutiefst abstieß.

Was sollte sie bloß tun?

KAPITEL ZWÖLF

Trey lehnte an der Rückwand des Hauses. Verzweiflung und Sehnsucht erfüllten ihn gleichermaßen. Es war beängstigend; der verletzte Ausdruck auf Lucys Gesicht verfolgte ihn. Aber die Emotionen, die ihn überwältigt hatten, hinderten ihn daran, sie erneut in seine Arme zu ziehen und ihr zu versichern, dass alles in Ordnung war. Denn das war es nicht.

Schuldgefühle lähmten ihn, während er in den dunklen Himmel starrte. Als er Lucy geküsst hatte, war das ein intensiver und schöner, unglaublicher Moment gewesen. Wie Jarred gesagt hatte, fühlte er sich zwar schuldig, doch das Gefühl, Beth zu verraten, war plötzlich verschwunden. Sie würde wollen, dass er glücklich war. Er verstand jetzt, dass es so war.

Er schloss die Augen und sah ihr süßes Gesicht vor sich und auf einmal meinte er zu hören, wie jemand „Auf Wiedersehen, mein Liebster" sagte. Er öffnete die Augen und blickte sich um, sah aber niemanden.

Sein Herz klopfte und Benommenheit erfüllte ihn. Er war traurig und empfand gleichzeitig Freude, als er daran dachte, wie er Lucy in den Armen gehalten hatte. Lucy… Er wollte das widerholen.

Er wollte aus dieser Farce eine echte Ehe machen. Eine Ehe, so wie er sie mit Beth gehabt hatte, die auf Liebe gebaut war.

Er wirbelte herum und stürmte zurück ins Haus…

Lucy war todunglücklich und wütend. Sie ging in ihrem Zimmer auf und ab und überlegte, was sie nun tun sollte. Es war offensichtlich, dass Trey sie nicht wollte und das ertrug sie nicht länger. Und doch konnte sie Janie nicht verlassen. Brachte es nicht über sich, dem Kind das Herz zu brechen oder das Versprechen, dass sie ihr gegeben hatte, ihre Mutter zu sein.

Was sollte sie nur tun? Sie hatte sich in eine ausweglose Situation gebracht.

„Lucy." Erschrocken hörte sie, dass Trey leise ihren Namen durch die Tür rief.

Sie wischte sich die Tränen vom Gesicht und starrte die Tür an. Eins stand fest: Wenn sie schon bei diesem Mann blieb, der sie nicht lieben konnte, dann würde sie sich zumindest nicht wie ein liebeskranker Welpe benehmen. Sie würde ihre Gefühle verbergen und damit beginnen, auszusprechen was sie dachte. Und er konnte auf der harten Pritsche schlafen, so lange er wollte.

War er etwa gekommen, um das Bett zu beanspruchen?

Sie trug nur ihr Nachthemd, doch das war ihr egal. Sie stürmte zur Tür und riss sie auf. „Was willst du?", fragte sie mit gedämpfter Stimme. Sie hob ihr Kinn und starrte ihn an. Sie konnte nicht anders. Sie zwang sich selbst, nicht mehr zu weinen.

Er stand reglos da und sah sie erstaunt an. Sein Blick glitt über sie und plötzlich war sie sich nicht mehr so sicher, ob das Nachthemd eine gute Idee gewesen war.

Er blickte nach hinten, dann betrat er den Raum und sie trat einen Schritt zurück. Er schloss die Tür hinter sich und zupfte an seinem Kragen. „Wir müssen reden."

„Ich bin müde. Wir haben genug geredet. Mir war bewusst, worauf ich mich einlasse, als ich dich geheiratet habe. Nur war mir nicht klar, dass du niemals den Wunsch verspüren würdest... mich zu lieben. Es wäre gut gewesen, das zu wissen... aber ich werde meine Verpflichtung einhalten und Janie lieben und auf sie aufpassen. Und soweit es mich betrifft, werde ich nie wieder erwähnen, dass du auch hier schlafen kannst. Die alte Pritsche gehört ganz dir. Sie spürte, dass sie kurz davorstand, erneut in Tränen auszubrechen, obwohl sie entschlossen war, das nicht zuzulassen. „Ich halte es nicht aus, diesen Schmerz in deinen Augen zu sehen. Dafür will ich nicht noch einmal verantwortlich sein…“

Er ging einen Schritt auf sie zu und sie trat einen weiteren zurück. Sie hatte alles gesagt und war entschlossen, es dabei zu belassen.

„Lucy, es tut mir leid. Ich brauchte nur einen Moment. Es ist anders, als du denkst.“

„Wie denn?“, schniefte sie.

„Ich tat mich schwer damit, Beth gehen zu lassen. Ich habe mich in dich verliebt, doch als ich dich geküsst und dir mein Herz geöffnet habe, da war ich überwältigt. Ich wollte dich nicht verletzen.“

Hatte sie ihn richtig verstanden? Er liebte sie?

„Ich liebe dich, Lucy. An dem Tag, als du in mein Büro getreten bist und mir gesagt hast, dass du gekommen bist, um meine Frau zu werden, hast du mein Leben auf den Kopf gestellt. Dein lächelndes Gesicht, dein großes Herz und dein einnehmendes Wesen haben mich berührt. Wie könnte ich dich nicht lieben?“

Tränen liefen ihr übers Gesicht.

„Kannst du mich auch lieben?“

Ihre Knie waren schwach, als sie tief einatmete und nickte. „Oh ja. Immer."

Er lächelte und zog sie in seine Arme. Er umfasste ihr Gesicht sanft mit einer seiner großen Hände und küsste sie dann zärtlich. „Ich werde dich lieben. Und ich werde dich immer in Ehren halten. Kann ich zu dir ins Bett kommen?"

Ihre Knie gaben nach, doch er hielt sie fest in seinen Armen. Sie schlang ihre Arme um seinen Hals und sah ihm tief in die goldgesprenkelten Augen. „Ich liebe dich", sagte er, als sich seine Augen verdunkelten und sie in ihnen dieselben Gefühle brennen sah, die auch in ihr loderten. Und dann küsste er sie und dieses Mal hörte er nicht auf.

EPILOG

Als am nächsten Morgen die rosafarbenen Streifen der Morgensonne durch das Zimmer und über das Bett krochen, wachte Lucy auf und spürte Treys Arme, die sie umschlungen hielten. Sie fühlte sich geliebt und war unglaublich glücklich. *Hatte sie nur geträumt?* Selbst in ihren kühnsten Gedanken hätte sie sich nicht vorzustellen vermocht, dass Liebe so schön war und… auf diese Weise ausgedrückt werden konnte.

Sie seufzte und kuschelte sich an Trey und genoss es, seinen Körper an ihrem zu spüren. Sie war ein Risiko eingegangen und ihrem Herzen gefolgt und das hatte sie hierhergeführt. Und als Trey sich nun an sie schmiegte und sie näher zu sich zog, da wusste sie, dass sich das alles gelohnt hatte. Genau hier sollte sie sein.

Sie fragte sich nur, wer es wohl war, dem sie zu Dank verpflichtet war. Und als Trey ihr nun heiser *Guten Morgen, Mrs. Jones* ins Ohr flüsterte, da wusste sie, dass sie ihrem geheimnisvollen Kuppler für immer dankbar sein würde.

Ich hoffe, Ihnen hat EINE VERSANDBRAUT FÜR DEN SHERIFF gefallen. Wenn ja, dann hinterlassen Sie gern eine Rezension bei Amazon.

Verpassen Sie nicht EINE VERSANDBRAUT FÜR DEN PFARRER, die nächste Geschichte um die Versandbräute von Sweet, Texas, wenn Big John Wiggins, der riesige Amor erneut zuschlägt. Pfarrer Jarred hat keine Ahnung, dass er der nächste ist, für den eine Sendung eintrifft… eine feurige Versandbraut!

Die Bücher der Reihe:
Versandbräute für Sweet, Texas

Eine Versandbraut für den Sheriff, Buch 1

Eine Versandbraut für den Pfarrer, Buch 2

Eine Versandbraut für den Viehzüchter, Buch 3

Über die Autorin

Elizabeth Chasen liebt es, „hoffnungsvolle" romantische Geschichten zu schreiben, die inspirieren und unterhalten. Ihre Bücher sind unverdorbene christliche Romanzen. Voller Freude erweckt sie amüsante Charaktere zum Leben und sorgt bei jedem ihrer Paare für ein Happy End!

Fasziniert von der historischen Romantik der Versandbräute, schreibt sie eigene Geschichten, um diese ihren Lesern näher zu bringen. Die Versandbräute von Sweet, Texas, ist nur die erste von vielen Serien, die noch erscheinen werden. Genießen Sie sie und tragen Sie sich gern in den Verteiler ein, damit Sie es sofort erfahren, wenn der nächste aufregende historische Westernroman veröffentlicht wird. Gehen Sie dafür einfach auf: www.elizabethchasen.blogspot.com.

Viel Spaß beim Lesen!

www.ingramcontent.com/pod-product-compliance
Lightning Source LLC
Chambersburg PA
CBHW071200180726
48291CB00007B/2539